MEMÓRIAS SENTIMENTAIS DE UM GAUCHE NA VIDA

Roger de Andrade

MEMÓRIAS SENTIMENTAIS DE UM GAUCHE NA VIDA

REFORMATÓRIO

Copyright © 2021 Roger de Andrade

Memórias Sentimentais de um Gauche na Vida © Editora Reformatório

Editor:

Marcelo Nocelli

Revisão:

Natália Souza

Roger de Andrade

Imagens da capa:

unsplash.com

Design e editoração eletrônica:

Karina Tenório

Dados Internacionais de Catalogação na Publicação (CIP)

Bibliotecária Juliana Farias Motta CRB7/5880

Andrade, Roger de

    Memórias sentimentais de um gauche na vida / Roger de Andrade.

— São Paulo: Reformatório, 2021.

    152 p.: il.; 14x21 cm.

    ISBN: 978-65-88091-40-1

    1. Romance brasileiro. I. Título.

A553m   CDD B869.3

Índice para catálogo sistemático:

1. Romance brasileiro

Todos os direitos desta edição reservados à:

EDITORA REFORMATÓRIO

www.reformatorio.com.br

*Para Chris, Hugo Lee e David, provas de
que no fim do túnel pode haver Amor.*

SUMÁRIO

Um Retrato do Artista Quando Jovem	13
Em Minhas Caminhadas...	29
A Sra. Mavoisine	33
Meu Período Azul	41
As Palavras	73
Sonhos	79
Um Encontro	85
Uma Caminhada	97
Uma Viagem	109
Despoemado	117
Rive Gauche	129
Uma Poética do Gauche, no Meio do Caminho	137
Lista de Poemas Citados	147
Agradecimentos	149

ADVERTÊNCIA:

O personagem principal pediu para avisar que este não é um livro de autoficção.

Jamais je n'ai tant pensé, tant existé, tant vécu, tant été moi, si j'ose ainsi dire, que dans [les voyages] que j'ai faits seul et à pied.

JEAN-JACQUES ROUSSEAU

*Caminho por uma rua
que passa em muitos países.
Se não me veem, eu vejo
e saúdo velhos amigos.*

CARLOS DRUMMOND DE ANDRADE

Les jambes des femmes sont des compas qui arpentent le globe terrestre en tous sens, lui donnant son équilibre et son harmonie.

BERTRAND MORANE

UM RETRATO DO ARTISTA QUANDO JOVEM

Com todas as aflições e encantamentos, perplexidades e marasmos, agitos e vacilos, situações inevitáveis, extremas, de satisfação e de dor, angústia e prazer, tudo isto que todos nós conhecemos, assim R. e seus amigos viviam sua juventude. Para ser mais contundente ainda, creio que, em seu caso, não apenas vivia, mas desabrochava, brilhava. Não é exagero. Exercia um fascínio incomum sobre as pessoas que com ele conviviam. Pelo menos para mim, isto era mais do que evidente e, no fundo, orgulhava-me de ser das pessoas que tinham uma maior intimidade e ligação.

O fato dele possuir uma personalidade magnética não significava, porém, que tivesse amizades em profusão. Pelo contrário, poucas pessoas, raríssimas mesmo, tiveram acesso irrestrito aos seus sentimentos e inquietações. "Conhecidos, tenho vários, mas amigos verdadeiros, esses eu conto nos dedos, como você bem sabe", costumava me confidenciar.

Não obstante as peregrinações pelo reino de Narciso, e a adesão a uma insólita e, confesso, confusa teoria que R. chamava de egoteísmo, e que fazia questão de dizer que não tinha nada que ver com egoísmo, possuía um forte sentimento humanista, uma humildade não afetada, que poucas vezes observei em outras pessoas. Tanto na teoria como na prática, princípios eram para ele coisas a serem levadas a sério, o que deu origem a muita discussão acalorada e várias amizades desfeitas ao longo do tempo. E, no entanto, mesmo apoiado em nortes inabaláveis, foi um político notável, caso extraordinário de simbiose entre ação política e valores éticos.

Nossos melhores momentos eram as caminhadas frequentes na cidade. Caminhar para nós era como que um ato de revelação, poética e existencial. Pelo centro, perto do Mercadão, lá pelos lados do viaduto Santa Tereza — por causa de Drummond e de Sabino e seus amigos curtíamos aqueles arcos. Subindo a Rua da Bahia, atravessando a Praça da Liberdade, até os botecos da Savassi e do Funcionários. As madrugadas pelas ruas arborizadas e perfumadas, pelas ladeiras do Santo Antônio, com suas vertigens e enganos. A cidade e seus tremores e hesitações e arrepios e in/excitações. Era quando conseguíamos respirar a paisagem, trocar ideias, jogar conversa fora, tomar umas e outras, salvar o mundo, essas coisas.

Com os cabelos meio cacheados e olhos sensuais, percepção não só minha, mas também corroborada por várias sensibilidades femininas, como que paralisava quem os fixassem demoradamente. Bem me lembro, certa vez, em que uma amiga, vinda do litoral, bastante conhecida por sua peculiar loquacidade, não ter conseguido sequer articular meia dúzia de frases durante toda a conversa que tiveram. Mais tarde, ela me contou que, apesar de não ter acompanhado tudo o que ele tinha lhe falado, esteve o tempo todo bestificada com a forma como ele a olhava, sentindo-se como que hipnotizada.

Pode soar que estou exagerando. Às vezes, até eu me pegava em estado de completo arrebatamento por aqueles olhos melancólicos, mas doces e reconfortantes, sem conseguir me concentrar e, portanto, sem entender bulhufas do que ele dizia. Talvez porque ficávamos também olhando por um tempo sua boca, o movimento de seus lábios, belíssimos, de uma conformação estética invejável. O que contrabalançava o formato aquilino de seu nariz, que, embora não chegasse a ser horrível, era avantajado, à semelhança de um Casanova.

R. se dizia a antena de nosso grupo. "É muito simples: minha sensibilidade, minha criatividade, coisas raras hoje em dia na maioria das pessoas, habilitam-me a ter uma certa percepção de muita coisa que nos ronda e que escapa a maior parte de vocês. Isto nem é muito bom para mim, mas, na maioria das vezes, procuro tornar, a quem possa interessar, a situação em geral menos entediante".

A convicção e segurança com que exprimia suas ideias levaram muitos do grupo a tachá-lo de presunçoso, convencido e arrogante. "À medida que assumo, concretamente, frente às pessoas, os impulsos verdadeiros que brotam de meu eu, estou sendo sincero, primeiro, comigo mesmo. Esta é uma condição sine qua non para o bom relacionamento com os outros. Depois, e ao mesmo tempo, estou sendo sincero com os que estão à minha volta. Contudo, devemos ter claro, é óbvio, que também interagimos com outras pessoas, mesmo sabendo que muitas delas estejam o tempo todo de braços dados com a mediocridade. Mas isto não é culpa delas. Com isto, abrimos a *possibilidade* (frisava) de uma saída, um caminho, um norte ou até mesmo algum tipo de redenção para os outros. É na dialética das subjetividades que podem surgir soluções satisfatórias, ao mesmo tempo coletivas e singulares".

De fato, sinceridade e um sarcasmo sutil não lhe faltavam. Manifestações de refinada ironia acompanhavam o que chamava, do alto de sua modéstia, de "ensinamentos para o grupo". Confessou-me, certa vez, que queria ser escritor, mas que ainda não tinha a disciplina para tal.

Fiz parte do grupo. Ou do que alguns chamavam de coletivo. Ou do que os de fora chamavam de turminha, patota ou grupelho. Como todo grupo que se preza, as pessoas que dele faziam parte nunca pensaram em fazer parte do mesmo. De certa forma, o grupo obedecia às mesmas leis que regem o funcionamento de um átomo. O núcleo, uma força magnética poderosa, seria o inconsciente coletivo que arrebata os membros do grupo. Estes, por sua vez, seriam os elétrons que giram em torno do núcleo, com tendência a se desprender e fugir do átomo, mas impedidos por aquela força que os contém. As pessoas, como os elétrons, são, no fundo, trânsfugas resignados. "Pretendem se aventurar, mas sem arriscar, sem ousar", conforme sua palração incômoda.

O grupo era diverso, mas um ponto deve ser destacado. Motivos não me faltam para afirmar que boa parte das dores e dos prazeres de R. deveu-se às mulheres do grupo. Duvido que o "transe feérico" a que certa vez aludiu ter chegado, uma espécie de descoberta do sentido da vida como forma de, com a maior coerência possível, situar-se nesta, teria sido alcançado não fosse a influência, às vezes desestabilizadora, das mulheres do grupo, ou generalizando, das mulheres que passaram por sua vida, além das que não faziam parte do grupo, mas que o marcaram. "Vejo e sinto o mundo pelos olhos e afetos das mulheres".

Não pretendo fazer elogios acríticos, mas R. possuía, sim, algumas saídas, ou sugestões de possíveis rumos, pelo menos para aqueles de nós que não imaginávamos sequer lidar com as entradas do labirinto — e isto tornava-o como que um iluminado aos nossos olhos indecisos, frente às nossas esperanças às vezes destroçadas.

A aura de mistério que o cercava, e que ele mesmo parecia fazer questão de cultivar, deixava grande parte do grupo irritada e confusa. Isto advinha de seu jeitão bastante reservado e do distanciamento afetivo que estabelecia com a maioria das pessoas. Ótimo analista das pessoas e das relações que mantínhamos dentro do grupo, era raro expressar as preocupações que fervilhavam em sua mente e em seu coração. Contudo, suas frases de efeito possuíam uma força emocional de alcance considerável. O sofrimento o fez amparar-se em Sartre, Beauvoir e Camus, que citava com frequência. Parecia ter lido tudo e saber tudo sobre eles. O enfado era para ele uma bandeira e transformou-se em um convicto porta-estandarte. Seus olhos penetrantes brilhavam como os de uma criança quando alguém vinha lhe falar sobre a esterilidade das emoções. Nestas horas, portava-se como um médico a prescrever medicamentos: "*A Náusea* ou *A Queda* valem dez vezes mais do que um vidro de lexotan". Toda vez que deblaterava sobre "nossas pobres vidas comezinhas", notava-se uma indisfarçável sensação de mal-estar no grupo. Era patente nos olhos das pessoas uma certa inquietação, junto até de sentimentos de repugnância, toda vez que disparava suas farpas morais.

De sua parte, suas intervenções não eram gratuitas, mas fundamentadas em posturas coerentes e sensatas diante de tudo e de todos. "Já está se tornando cômico observar, apesar de, no fundo, patético, que todos vocês se sentem como que 'salvos' quando tornam público sua profissão de fé no tédio. Alguns se portam de uma maneira que parecem até ter descoberto a pedra filosofal da vida. Outros se encarapitam, parecendo iluminados ante os mistérios da vida. Esta sucessão de equívocos, que parece inesgotável, alimenta meu asco de maneira ininterrupta e, portanto, repugna-me mais e mais meus colegas. Não existe sentido da vida. E o tédio é um mero eufemismo do desespero".

Gabo era um dos membros do grupo. Durante certo tempo, foi bem íntimo de R., uma das amizades mais fecundas e sinceras entre nós. Filho de uma família abastada, de avós que vieram do interior, mostrou-se, desde cedo, um menino rebelde, pelo menos no ambiente familiar. Uma cicatriz no rosto era o registro perene de seus excessos. Gabo era um tanto quanto indiferente e omisso em relação às situações em geral. Dava a impressão de ser uma pessoa sem sentimentos — até onde for razoável descrever uma pessoa desta maneira. Certa vez, distraído ou desesperado, talvez os dois, confidenciou: "preciso me apaixonar imediatamente". Precisei de algum tempo para entender o que queria de fato dizer com aquele desabafo. Sua visão utilitarista, instrumental, da mulher, era a raiz de muitos de seus problemas. Como também a relação com seus pais. "Rebelar-me e romper com a família. OK, adoraria, mas ... e a mordomia?"

Gabo sempre foi um prato saboroso para R. Gostava de provocá-lo de maneira nada dissimulada, o que, para Gabo, do alto de sua postura não raro olímpica, era, no mínimo, revoltante, como uma vez me confidenciou. Da parte de R., era tudo na base da camaradagem, mas, a partir de um determinado momento, vez e outra passou a se referir, de forma bem irônica, e talvez cruel, ao "filho pródigo heterodoxo" — "aquele que voltou para casa sem ter ido a lugar algum". O motivo disto foi um acontecimento que teve lugar quando o grupo seguia seu curso normal.

No verão daquele ano, o grupo se espalhou por diversas partes do país. Era o período de férias na universidade. O sol parecia mais convidativo, as manhãs mais inspiradoras. Havia um sopro renovado de vida e de esperança para todos. As eleições estudantis tinham acabado de se realizar no fim do ano anterior e o grupo, por meio de vários de seus membros, saiu vencedor. Uma nova gestão assumiria a liderança das atividades políticas na universidade. Foi uma das eleições mais acirradas e emocionantes que a comunidade universitária tinha presenciado. Havia a expectativa de uma nova forma de participação política para a militância estudantil. O carisma e a liderança de certos membros de fora e de dentro da representação dos estudantes trazia um alento adicional. Fazíamos política não mais apenas por dever ou obrigação, ou por imposição da consciência, mas também por prazer ou, para alguns, mesmo diletantismo. Os sonhos e expectativas daquele momento condicionavam os planos que todos os envolvidos estavam dispostos a levar adiante em suas experiências pessoais futuras.

Apesar de bastante influenciados pela angústia drummondiana de estarem um tanto quanto deslocados no mundo, R., eu e outros gauches na vida procurávamos atravessar as agruras inerentes à juventude buscando conforto, entre outras coisas, na poesia, na natureza, no amor, na arte e, claro, na ação política. Nossa militância estudantil como membros do diretório acadêmico, com a chapa vencedora, tinha uma plataforma política que poderia ser caracterizada como adepta, em maior ou menor grau, dependendo do militante ou simpatizante, das ideias de Castoriadis, Lefort, Morin e Negri, portanto, muito anti-estalinista, nada maoísta e, em grau menor, talvez anti-trotskysta. Na verdade, ninguém conseguia dizer com muita clareza, de forma bem articulada, o que éramos. Mas sabíamos bem o que não éramos. Contra quase tudo e quase todos, a gente se dizia autonomista. Tentávamos contrapor uma nova práxis política, para nós radical, ao que R. chamava de "marxismo vulgar, ortodoxo", ou gauche institucional, esclerosada, dogmática. "O pensamento crítico, e a ação, que quer acompanhar uma realidade em constante movimento não pode se cravar no dogma", dizia.

Outro aspecto significativo de nossa ação política coletiva, que todos os envolvidos pretendiam levar adiante, era a presença maciça de mulheres do grupo. Nossas bandeiras também passavam pelo feminismo, a ecologia política, etc.

Naquela época, o enfant terrible, que na infância causara muitos embaraços aos seus pais, resolveu "tomar uma decisão", segundo o próprio Gabo. Certo dia, de forma inesperada, disse que decidiu ir para as Guianas Francesas, causando pasmo e inquietação em diversas pessoas. Esta decisão, ideal aos espíritos em um vácuo, teve um impacto grande no grupo. Fomos pegos de surpresa. A decisão da fuga, que muitos imaginavam ter que pagar um preço muito alto para encarar, levou várias pessoas a repensarem sua condição. R. sentiu à fundo a decisão. A grande afeição por Gabo tornou-se, após sua partida, e com o fatal esmaecimento pelo tempo, cada vez mais tênue. No entanto, o aspecto paradoxal disto foi que a antiga amizade assumiu a perigosa forma mitificada, pelo menos da parte de R. A sensação de que um dia poderia seguir a mesma trilha, ainda que por caminhos e propósitos diversos, fascinava-o mais e mais. Guardava em seu íntimo este desejo de um dia partir para lugares desconhecidos, tendo em vista a experiência concreta do companheiro de jornada.

Já se deu conta de que talvez eu não esteja interessado ou preocupado com que os outros acham ou deixam de achar?, disse Gabo. Cuidem de seu jardim — do meu, cuido eu. Quero alçar algum voo, mas as raízes me sufocam. De uns tempos para cá, aqui, só sinto e vejo a dor das manhãs, com chuva ou sol. Pode ser que eu queira apenas voar, viver, respirar, acreditar — não, não quero morrer em vida. E pode ser que você seja como eu, pode ser que a gente enxergue coisas que os outros não. Pode ser que jamais conseguirei ser aquilo tudo que almejo, o que almejo?, mas também não quero ficar me lamentando, enxugando as lágrimas — quero descobrir, mesmo que nada. São belas as flores de seu jardim, mas o meu ainda precisa ser regado.

Em uma ocasião, em uma escapada para o interior, em meio as belas montanhas de nossa terra, talvez contemplando mais uma escadaria de estrelas, não sei dizer com muita certeza, pois ao certo sabia que tínhamos tomado umas e outras, foi mais ou menos isto que Gabo me disse que tinha dito a R., que, de forma atípica, só escutou, um silêncio que varava o céu, a noite, a lua, a solidão, nem um comentário sequer, pensativo, um olhar que parecia mais triste do que de costume.

Qual não foi nossa surpresa quando, passados alguns meses da partida de Gabo, que não dava notícias nem para sua família, o que não me surpreendia, soubemos por meio de Mael, em um corredor da universidade, que o velho e bom amigo de todas as horas, da vida boêmia e de consumo de drogas, havia regressado de seu "périplo aleatório", como depois definiu R. O sentimento aparente de R., na superfície, foi o de dar o sorriso que Mael, que em um período anterior à partida de Gabo manteve com este um relacionamento amoroso, parecia querer ver. No entanto, a sensação mais íntima, mais profunda, aquela que se dá nas entranhas do ser, lá nas catacumbas, aquele movimento sísmico associado a certas emoções, foi de indignação, revolta e decepção. O sorriso para ela me pareceu justificável naquele contexto. Por esta época, ela andava bem mal, os famosos baques emocionais. Quem não os teve? E a vinda do antigo companheiro poderia talvez dar um novo sopro de esperança.

R. conhecia muito bem as pessoas de seu convívio próximo. Tentar agradá-las, por algum momento, não era nenhum esforço, nenhum dilema moral — e, neste aspecto, revelou-se um excelente ator. "Certas coisas são permitidas no palco da vida". As justificavas eram suas próprias experiências passadas, e dizia entender muito bem o estado de letargia natural que tomava conta dos apaixonados. Era, às vezes, indefensável.

A volta súbita e surpreendente de Gabo contribuiu para a compreensão de certas facetas do grupo. Por facetas do grupo devemos entender, é claro, o comportamento e a reação dos integrantes, cada qual a sua maneira. Por um lado, foi possível captar o sentimento de frustração que tomou conta de R., eu diria justificável. De outro, revelou a fragilidade da decisão de Gabo, oportunismo para alguns, que, no princípio, parecia ter sido um gesto de grande importância para nós. Além disto, confirmaram-se algumas suspeitas em relação a um aspecto da personalidade de R., sobretudo no episódio em que Mael deu a notícia: era por demais espantosa a facilidade com que reagia de uma forma aos colegas, quando, na verdade, lá no fundo, o sentimento era bem distinto do demonstrado ao nível das aparências. Sua linguagem corporal, impassível, convencia-nos do oposto do que estava sentindo.

Um dia, ouvindo o pessoal do Clube da Esquina, nem me lembro direito quais canções, me disse que se sentia como um iceberg em cima de um vulcão. O contrário acontecia com os demais membros do grupo, que, em geral, demostravam alguma consistência entre o sentimento verdadeiro do momento e a resposta do corpo, confusa, atormentada, traiçoeira. Percebi que era também um ator. Tenho claro que era um ator tão bom que, embora fosse para nós uma espécie de mentor, que inspirava a todos, sozinho, no íntimo, nosso gauche maior era, na verdade, uma pessoa frágil, carente, como qualquer ser humano. Para si mesmo, não conseguia se expressar com tanta convicção.

O petardo de R. não tardou. Batizou-o de "o filho pródigo heterodoxo", emendando: o enfant não tem nada de terrible — está mais é para enfant gâté. Seu vício indesculpável é o dolce far niente. O alienado mais perigoso é o que se passa por revolucionário. É por estas e outras que continuo escrevendo, que pretendo ser escritor, ...

— Verba volant, scripta manent.

— Solvitur ambulando.

EM MINHAS CAMINHADAS...

Em minhas caminhadas quase diárias, muitas coisas acontecem, algumas até reveladoras. Por que caminho? Depois de muitas caminhadas, à semelhança de uma série sem fim de sessões de terapia, encontrei uma resposta razoável, além daquela óbvia, ligada ao bem-estar físico: porque sou um dos homens mais solitários do mundo. Não tive a pretensão de dizer o mais solitário do mundo, mas um deles. Quando caminho, entro no mundo da divagação, da memória, do sonho. E isto às vezes engana minha solidão. A solidão está sempre aqui, como uma prisão perpétua — e eu, uma espécie de Sísifo pós-moderno.

Caminhar pode ser uma experiência filosófica, uma vivência espiritual e estética. Caminho, logo existo. Aos poucos, percebemos que caminhar é uma atividade que se situa na mesma dimensão da arte. Com o tempo, caminhadas trazem novos horizontes: ter ideias, às vezes, até criativas. Percebi que não estava sozinho nesta toada, quando me lembrei de que, há muito tempo, teve aquele cantor que disse: "caminhando contra o vento, sem lenço, sem documento", e aquele outro: "caminhando e cantando e seguindo a canção". Nos deslocamentos no tempo e no espaço, descortinam-se novas paisagens mentais, oníricas. Para quem está sem rumo, podem surgir novos rumos. Como disse alguém, solvitur ambulando. Caminhar deflagra o pensar — pensar a liberdade, a beleza, a igualdade, a natureza, as relações pessoais, a condição humana. Caminhar vira uma descoberta cognitiva, uma experiência epistemológica. Há algo aí que nos insere em um processo de autoconhecimento, de inspiração.

Gosto da ideia de "derivas psico-geográficas", como alguém também já disse. Atravessar os lugares, uma cidade, o campo, é uma exploração de si mesmo. Cada lugar, rua, esquina, morro, trilha, cachoeira, a cada caminhada provocam novos ângulos, fugazes, que nos assombram com as pontas de nossas memórias afetivas. Nesta rua, há um boteco em que eu discutia política com meus amigos. Debaixo daquela árvore, havia um perfume, beijei Maria pela primeira vez, e alisei suas costas e seus seios — e fomos para sua casa, naquele bairro. Nesta fazenda, minha vó acariciava meus cabelos, coçava minhas costas e fazia comida de vó.

Caminhar é uma forma de esvaziar o espírito, de filtrá-lo, descartar o supérfluo e atingir o âmago das coisas, o momento onde todas as caminhadas, todos os passos, se assemelham, quando o caminhante esquece onde, como e porque caminha. Quando deixa de ser o sujeito da paisagem e mergulha em uma cinestesia, sinestesia?, que mistura os aromas, os horizontes, os sons, os cansaços e seus suores, e experimenta o peso tranquilizador que o mantém, mas não o retém, passo a passo, em uma instabilidade que reafirma sem cessar sua ancoragem no solo. Entre o imenso e o minúsculo, entre o céu e as folhas da relva, os olhos navegando de um infinito ao outro, os pés pensando a textura do chão, a borda de um precipício, o espinho de um galho, eu caminho no cosmos da existência. E, se me perguntam aonde vou, respondo, como Victor Hugo: "Je l'ignore; et j'y vais". Caminho — e enquanto caminho provoco um desafio às forças do acaso.

Em minhas caminhadas quase diárias também gosto de observar, na medida do possível, tudo ao meu redor. É por isto que uma vez uma amiga, de olhos incertos, mas alados, e lábios longínquos, mas incisivos, me disse que eu era um flâneur voyeur. Mas ela disse também que enquanto caminho o que mais observo são as mulheres, em particular seus traços físicos. E que eu devia refletir sobre como isso me inquieta e me muda. É claro que ela exagerou.

Há mais coisas entre o céu e a terra do que olhos, bocas, lábios e sorrisos das mulheres, claro. Mas pense naqueles clichês que todo escritor um dia cometeu: belos olhos azuis, da cor do céu, boca sensual, lábios de mel, ou de cereja, sorriso luminoso, etc. e tal. Talvez seja por causa da experiência imediata dos sentidos. Quem disse mesmo que os olhos são as janelas da alma?

Mas a literatura é mais do que isto. Ela se faz também por meio do respeito aos silêncios, do não dizer, ou do dizer muito com pouco, como observou outro dia esta mesma amiga. É o que nos leva à uma camada adiante, distante, além da mera experiência direta dos sentidos. Olhos, boca, sorriso: elegância / equilíbrio / harmonia / proporção / nobreza / simetria / desejo. Ou: ilusão / vórtice / lágrimas / angústia / injustiça / fogo / vida. O gozo estético é a porta de entrada para o gozo existencial. A literatura faz as pontes — e transcende.

Ah, outra coisa. Me chamam de R. Tudo por causa de outra amiga, leitora de Kafka, e que, um dia, enquanto lia um de seus livros, me chamou assim. Mas não tenho nada de kafkiano. Quando muito, sou um drummondiano, embora eu não saiba explicar muito bem o que vem a ser isto. Mas, pegou, nem me lembro porquê. Pode ser Roberto, Richard, Rodrigo ou Raphael. Mas, cá entre nós, faz alguma diferença?

A SRA. MAVOISINE

Em minhas caminhadas habituais, coisas surpreendentes, bizarras e até instigantes acontecem.

Foi em uma dessas caminhadas que a conheci. Não sei se a palavra adequada é conhecer, mas foi assim que tive contato com ela, a consciência de sua existência. Não me lembro muito bem de nosso primeiro encontro, mas deve ter sido algo como: olá!, bom dia, tudo bem? Ao que ela deve ter respondido bom dia, talvez com um brevíssimo e educado sorriso.

Em noventa e nove por cento das vezes caminho de manhã. Bem clichê: o céu azul, o ar fresco, o verde das árvores, os aromas das flores, tudo isto mais intenso, belo e inspirador, em particular quando chove na madrugada. Em torno deste frescor há uma sensação de bem-estar pairando no ar. De manhã, a vida parece mais bela — e o mundo parece ter solução. De tarde, os pesos dos anos e da rotina irrompem massacrantes. De noite, estou diante do homem mais solitário do mundo.

Lá vinha ela, com seu cão na coleira. Caminhava com uma certa elegância. O corpo, ereto, inspirava confiança.

Seu bom dia era firme, sonoro, convincente, mas nas entrelinhas de sua voz havia alguma melancolia. Vestia uma blusa vermelha, esportiva. Interessante, pensei.

Esses encontros aconteceram inúmeras vezes, desde então. Não sei, portanto, quantas vezes nos cruzamos em nossas caminhadas — eu, pensando na vida, divagando, ela, com seu cachorro e sua blusa vermelha. Será que cruzei com ela antes e nunca tinha reparado, apenas um bom dia mecânico de ambas as partes, encontros casuais que nunca me chamaram a atenção? Mas isto não mais importava, pois agora ela já fazia parte de meus pensamentos e de meus sonhos, ludibriando minha condição de solitário, criando expectativas de novos encontros e, se um dia isto viesse a acontecer, de como seria o encontro em que, além do costumeiro bom dia! aqui, bom dia! ali, olá! acolá, partiríamos para uma conversa mais direta, que nem seria tão profunda, nem que fosse para comentar: hoje está mais fresco, hein?, o céu está bonito, né?, as flores estão mais perfumadas, não te parece? E, ao que tudo indicava, seria eu quem tomaria esta iniciativa, a julgar pelos bons dias automáticos que me dava a cada encontro.

Sobre ela, pasme, não sei dizer quase nada, além do cão e da blusa vermelha. Mas o mundo das aparências não me basta. Preciso adentrar as camadas, às vezes ásperas, espessas, que dão nas realidades subjacentes.

A redenção, se houver, está no âmago das coisas. Não sei se seus lábios são sensuais ou encantadores, carnudos ou finos. Nada sei de seu sorriso. Muito menos de suas gargalhadas: justificam a existência de quem as ouve? O batom — suave ou exagerado? Os olhos — de cigana?, oblíqua?, dissimulada? — ou de bailarina?, pura?, inocente?, de apaixonada? Os seios, as pernas, sua pele? Só sei que nada sei, para usar outro clichê.

Bem, talvez seja um pouco de exagero. Duas ou três coisas sei dela. De meu esconderijo, na rua de cima, paralela à sua, entre uma amoreira e um flamboyant, tenho uma visão privilegiada da frente de sua casa (sim, depois de tantas caminhadas, descobri onde mora). Dali observo, sorrateiro, se está em casa ou se já saiu, se seu carro, vermelho, claro, está ou não na garagem.

Caminha com elegância calculada, indiferente aos eventuais suspiros ao seu redor. Só outro dia é que soube alguma coisa de seu cabelo. Em um de nossos encontros, observei rápido, de relance, pois tudo acontece muito depressa, que tinha cortado, e alisado, um pouco, o cabelo, que estava mais loiro. E o andar? Sei algo sobre o andar, que me lembra o de uma ex. Aquela, que também me jogou na solidão. Mas isto não vem ao caso agora.

De perto, tudo acontece em um átimo de segundo. O desafio é usar de todas as minhas habilidades dedutivo-indutivas para esquadrinhar ao máximo os acontecimentos em meu campo de visão. O tempo que dura o bom dia — o meu e o dela, que podem ser no mesmo instante, sincronizados, ou um logo após o outro — é o tempo que tenho para olhá-la da cabeça aos pés, de tentar vislumbrar algo que ainda não tinha percebido em encontros passados. Um agora ou nunca que se esvai sem piedade.

De longe, percebo mais coisas. Move-se, flutua, como quem sabe o que quer. O corpo ereto, altivo, o andar gracioso, desenvolto, a mão controla firme e segura o cão preto, grande e assustador. A maior satisfação do cão deve ser esta, as caminhadas sob seu jugo. Se fosse um cavalo, imagino a tristeza que seria o tempo de não estar sendo por ela cavalgado. Contando as horas para a dama de vermelho nele montar e mergulharem na mata, seguindo as trilhas já conhecidas e outras a serem descobertas, o vento no rosto, o ar puro e fresco da manhã explodindo nos corpos, as árvores molhadas pela chuva na madrugada, tudo rescendendo o cheiro bom da natureza virgem, da utopia, do gozo, da liberdade. Mas o cão é só mais um a se dobrar aos seus encantos. Obediente, resigna-se com a ração diária de satisfação incontida que ela pode lhe dar — e por estar com alguém que lhe dê segurança, que tenha controle da situação, que estará ali no dia seguinte. Outros seres aspiram a voos mais altos e vertiginosos.

A ausência machuca. Muito. Já não me lembro da última vez que nos cruzamos. Só sei que faz um tempo, longo o suficiente para sentir a dilaceração da perda. A expectativa, sempre frustrada, de me encontrar com ela ao virar a próxima esquina, ou de divisá-la ao longe, ou de ver, em algum lugar, o carro vermelho, é também cruel. Quanto mais não a vejo em minhas caminhadas, mais em meu sono vejo velhas ruas desertas, com pedaços de sombras e vazios e névoas e ruínas, que me interditam o sonho. Vasculho possíveis trajetos, cujo desfecho, há dias, no tempo infinito da espera, é a desilusão, o desassossego. É como andar em círculos, à deriva, à procura daquela fração de segundo onde a vida se (re)ilumina e a esperança renasce ("Fugitive beauté dont le regard m'a fait soudainement renaître, ne te verrai-je plus que dans l'eternité?").

A ausência é vermelha — e não há consolo nem em um bordeaux nem em um bourgogne, nem em maçãs, cerejas ou framboesas, nem em cravos, hibiscos ou primaveras, nem nas bandeiras da justiça, da liberdade, da revolta e da insurreição, nem nos rubis da casa da luz escarlate — nem na noite, nem na manhã, nem no pôr do sol. A falta é encarnada.

Até que, naquele dia, cruzei de novo com ela. Naquele mesmo dia, algo estava diferente. Ela vestia uma camisa azul, uma de minhas cores preferidas, além do vermelho, claro, a cor do céu da minha terra. Mas era eu quem vestia uma camisa vermelha, uma de minhas camisas da Inglaterra, no escudo do lado esquerdo do peito um belo bordado com the famous three lions. Nesta altura dos acontecimentos, dos sentimentos não correspondidos, foi tudo planejado, claro, para que ela pudesse me notar de uma maneira diferente, que suscitasse pelo menos um bom dia diferente, não mecânico. O primeiro encontro, naquele dia, em que eu caminhava, subindo uma rua, e observava, com o canto do olho, para não chamar a atenção, quando ela passou por mim, de carro, no mesmo sentido de minha caminhada, e eu, de costas, fingindo, como quem não quer nada, que não a vi, tentando passar a impressão de que estava distraído, divagando, olhando apenas os passarinhos, que não vi um carro vermelho com uma mulher de suspiros vermelhos que levava seu cão negro, enorme e assustador para passear, que pararia seu carro em algum lugar ali perto e iniciaria a pé seu passeio matinal com o animal, como fazia quase todos os dias. Mas, no final das contas, o objetivo de tudo isto era fazer com que visse que ali ia alguém de camisa vermelha, que sonha em vermelho. A mudança de rota, proposital, para, em algum momento, decisivo e seminal, ela me visse de frente, eu e minha camisa vermelha, uma homenagem a ela, a única maneira possível de lhe dizer, olha, eu existo, eu também gosto de vermelho, olhe para mim, com minha camisa vermelha — o acaso quis que não fosse nenhuma das outras camisas vermelhas de minha ampla coleção de camisas, a da França (Notre bleu est légende; Pour la joie de jouer), ou da Espanha (La Furia Roja), ou da Alemanha (Die Mannschaft). Eu, ali, em minha condição vermelha, a cor da esperança, tête à tête, em um daqueles momentos cruciais que definem as circunstâncias da existência e da essência, com The Red Lady, La Dame Rouge — a Sra. Mavoisine.

— Olá, tudo bem?

— Bom dia.

— A manhã está mais fresca hoje, né?

— Sim, bem melhor.

— Choveu de madrugada?

— Sim, parece que sim.

— Você sempre caminha?

— Sim, sempre que posso.

— Desculpa o incômodo, mas gostaria de te perguntar... Você gosta de literatura?

— Hum? Como assim?

— É, literatura. Poesia, romance, contos. Leitura. Essas coisas.

— Bem... Acho que sim. Quem não gosta? Mas por quê?

— É que escrevi uma coisa. E achei que você poderia gostar, embora a gente não se conheça.

— ?

— Toma. É seu, de presente. Se tiver tempo, interesse ou disposição, agradeço se ler.

— OK. Obrigada.

— Até mais.

— Tchau.

Ela retomou sua caminhada. Percebi, naquele momento, os aromas das flores de minha preferência, as damas da noite, ainda intensos, inspiradores. Enquanto ela se afastava e virava a esquina, passava os olhos pelas folhas de papel impressas. O cão, mais inquieto. Talvez pensasse: que cara estranho. Camisa interessante. E que título também estranho. O que será que significa isto? Quem será esta tal de Sra. Mavoisine?

MEU PERÍODO AZUL

I

Já nem me lembro direito quando aconteceu. Só sei que aquele período foi marcante. Quando as conheci, meio por acaso, elas já se conheciam — e o affair estava no início. Quanto a mim, estava no que chamo de buraco negro, mas ainda não tinha consciência disso.

Não sei muito bem o que rolava no relacionamento delas, mas acho que chegaram à conclusão de que, para dar continuidade aquele vínculo amoroso, precisavam de uma companhia masculina, mesmo que de uma maneira esporádica. Foi quando entrei na história.

Vim para fazer uma pesquisa para meu trabalho — e passar um tempo. Já estava de saco cheio daquela vidinha saturada, insípida, e mais do que desmotivado para quase tudo. A mudança de ares talvez me fizesse bem, mas até eu duvidava disto, mesmo sabendo que seria aqui. No buraco negro, nada parece ter sentido. É aquela fase da vida em que para qualquer lugar que vamos ou olhamos nos defrontamos com criaturas estranhas, os noonday demons, os blue devils, e nada do que fazemos consegue nos livrar deles. Não à toa, só escutava, como não poderia deixar de ser, blues. Onde mais encontrar algum consolo senão naquelas estruturas repetitivas, naquelas vozes carentes e aflitas clamando por misericórdia, a progressão repetitiva de acordes, o círculo vicioso, o movimento sisífico em torno do vazio e do nada, a representação hiperbólica do tormento existencial? Somente aqueles solos de guitarra, viscerais, e aquelas vozes desesperadas, lancinantes, podem trazer algum alívio temporário a espíritos atordoados e angustiados. Meus amigos de todas as horas Bessie Smith, B. Holiday, J. L. Hooker, Muddy Waters e B. B. King me ajudaram na travessia. Falamos a mesma língua: "I had a woman / She was nice, kind and loving to me in every way ..." — "It's three o'clock in the morning, and I can't even close my eyes..." — "So many nights since you've been gone...".

Uma amiga me indicou o nome de uma pessoa que conheceu quando aqui passou um tempo e que estava no último ano do curso de filosofia na mesma universidade em que eu faria minha pesquisa. Insistiu que a procurasse, pois era gente boa, e que eu ia gostar dela. E que seria também uma maneira de eu socializar, enfatizou, olhando-me bem nos olhos, o que me deixou encafifado.

Depois de um tempo na cidade, passado aquele período de adaptação, dei-me conta de que as únicas pessoas com as quais me relacionava, por obrigação, é bom frisar, era o pessoal da biblioteca e do departamento. A contragosto, resolvi entrar em contato com a conhecida de minha amiga. Foi quando conheci Adèle.

A gente se encontrou um dia na própria universidade e tomamos um café juntos. Trocamos informações mais gerais sobre um e outro, conversamos sobre alguns interesses em comum, banalidades, ela pareceu-me uma pessoa interessante, em particular por causa de seu sorriso. Cruzei com ela outras vezes, meio por acaso, na cantina, na biblioteca e nos corredores da universidade.

Em uma ocasião, ficou muito agradecida quando dei umas dicas para um trabalho que precisava fazer, sobre o qual disse estar meio perdida. Comentou que deu sorte em me encontrar naquele dia e podermos conversar por um tempo sobre o trabalho, um essay sobre determinismo e livre-arbítrio. Observei que já tinha escrito algo sobre o assunto e expus algumas ideias que ainda me pareciam interessantes, cujo ponto de partida era tentar transcender estas duas polaridades e entendê-las como complementares. Acaso e necessidade, leis férreas da história e incerteza radical, estruturas socioeconômicas e ação individual, tudo isto pode ser visto como instâncias da realidade com existência autônoma, mas que coexistem e se auto-influenciam. Uma não pode ser reduzida à outra, mas se determinam mutuamente. As estruturas condicionam, veja bem, condicionam, e não governam, enfatizei, a ação individual. Por outro lado, a ação individual, a agência humana, é capaz de transformar as estruturas. As duas esferas são autônomas, e irredutíveis uma em relação a outra, mas são interdependentes. Foi assim com a débâcle do ancien régime, uma ruptura das estruturas através da ação humana consciente, no caso, revolucionária. Foi assim com a contracultura, o movimento feminista, o movimento estudantil, etc., que levaram a revisão de comportamentos convencionais até então bem arraigados, práxis sociais tão estabelecidas que até pareciam naturais. E é assim com a globalização, quer dizer, a mundialização (a linguagem precisa estar atenta ao contexto, dei-me conta de imediato), que condiciona muita coisa hoje em dia nas sociedades contemporâneas, das decisões do cidadão comum às estratégias das empresas. Para minha surpresa, mostrou-se interessada, prestando atenção o tempo todo, enquanto tentava me lembrar dos argumentos, puxando pela memória ideias que há muito não visitava, anotando de vez em quando em um caderno, fazendo expressões de aprovação toda vez que eu dizia coisas em tese interessantes. Agradeceu-me pela conversa, por eu ter gasto meu precioso tempo, bem como pelas sugestões bibliográficas, o que pareceu sincero. Despediu-se e disse que a gente se via por aí, de novo, d'accord? Respondi OK, d'accord, sem deixar de pensar que, em minha terra, quando uma pessoa diz à outra a gente se vê por aí isto pode querer dizer algo como até nunca mais.

Na vez seguinte que encontrei Adèle, também por acaso, de longe ela gesticulou fazendo um sinal de positivo, o que interpretei como tendo dado certo o trabalho do curso. Algumas semanas depois, em uma outra ocasião, estava acompanhada de uma amiga. Tomamos um café e jogamos conversa fora. Foi quando conheci Emma. Sem um motivo aparente, tive a impressão de que as duas foram com a minha cara, mas no buraco negro nunca se sabe o que se passa de verdade no mundo exterior, se o que é, de fato é, ou apenas parece ser.

II

Adèle tinha um jeito mais de meninona, um sorriso maroto, bonito, calmo, com um par de dentes salientes. Os olhos, esverdeados. Era mais alta do que a média das mulheres, o que explicava aquele corpão. Seus cabelos eram castanhos claros, longos, cheios e costumava prende-los com um coque de uma maneira um pouco desleixada, deixando alguns fios soltos caindo sobre sua testa e sobre seu rosto, talvez uma forma de expressar alguma rebeldia. Às vezes, sorria colocando a ponta da língua entre os dentes, de um jeito meio provocante — mas era a própria pureza em pessoa, o que me fez concluir que seu sorriso era um gesto instintivo. Era sensual por natureza. De perfil, parecia uma deusa grega, charmosa, statuesque — o nariz e o queixo um pouco avantajados, se comparados à delicadeza dos mesmos traços de Emma, mas de uma exuberância e um frescor que dava um certo comichão. Às vezes, ficava com a boca meio entreaberta, os delicados e bem desenhados lábios superiores formando uma espécie de triângulo, perfeito, instigante, tentador, com os inferiores. Um belíssimo desenho labial, que deve ter o gosto de mel, pensava. As pernas, portentosas e opulentas, pareciam duas colunas dóricas, ou jônicas, talvez.

Emma tinha olhos azuis, a pele clara, o nariz um pouco arrebitado, os dois dentes centrais superiores um pouco separados, o que não comprometia em nada seu sorriso. Mas o que chamava a atenção nela eram seus cabelos, cortados bem curtos — e pintados de azul. Tinha aquela típica elegância francesa, não a de vestimenta, mas a de gestos. O conceito de terroir também se aplica ao jeito de ser, não só para vinhos, especulei. Um primeiro contato, superficial, poderia dar a impressão de ser fria ou indiferente, talvez por conta de seu olhar, que parecia sempre dizer muitas coisas, inclusive nada. Seu olhar melancólico me fazia questionar o sentido da vida. Como tanta beleza carrega semblante tão triste? De vez em quando, flagrava-a olhando, absorta, o infinito, com aquele olhar azul, que parecia desolado, e minha vontade era a de ir correndo socorrê-la, abraçá-la, se é que precisava de socorro. Talvez estivesse apenas pensando na vida, aquilo que pessoas inteligentes e sensatas fazem. Sorria de forma econômica, em contraste com o sorriso derramado e as gargalhadas mais frequentes de Adèle.

Além dos sorrisos cintilantes, as duas tinham seios atraentes e convidativos, na medida certa. Uma, dionisíaca, a outra, apolínea. Uma, artista plástica, a outra, estudante de filosofia. Pareciam de bem com a vida. Formavam um belo par.

III

Certo dia, encontrei-me com Adèle nos corredores da universidade. Carregava vários livros e disse que tinha que terminar um trabalho para ser entregue nos próximos dias. Disse ainda que combinou com Emma, e frisou que a ideia tinha sido desta, com a qual concordou, claro, que queriam me convidar para une vraie experience da cidade, foram estas suas palavras, e perguntou se eu estaria disponível. Mas o que seria esta tal experiência?, pensei. Eu, disponível? Que piada! O que não me falta é tempo para não fazer nada. Apenas respondi que, sim, estava disponível e agradeci o convite. Despedimo-nos com aqueles dois beijinhos no rosto, típico de quando se atinge um novo estágio nas relações pessoais.

Cheguei ao local combinado, um bar à vin, como dizem aqui, e as duas já estavam lá. Como não tinha lugar para sentar, ficamos os três de pé, no passeio. Lembrei-me de minha época de Londres, quando costumava tomar umas pints nos pubs da vida, sempre cheios. Perguntaram se poderiam pedir um vinho, ou se eu gostaria de pedir algo de minha preferência. Disse que tudo bem, vamos nessa, sou apenas o convidado que quer conhecer a vraie experience da cidade, o que as fez rir, quase gargalhar, e me deixou com uma pulga atrás da orelha, sem entender direito o motivo de tamanho contentamento, afinal o comentário não era tão engraçado assim, avaliei. Pediram uma garrafa de vinho branco e uma assiette de fromages, para começar, disse uma delas. Neste meio tempo, vieram nos chamar para sentar dentro do bar. Disseram-me mais de uma vez que tiveram um dia ótimo, parfait, impeccable, formidable, étonnant, stupéfiant etc., que foram a uma manif de manhã, e ao d'Orsay à tarde. Ousaram me perguntar se meu dia também tinha sido muito bom. Disse que sim, que tinha lido e escrito bastante, que tinha sido proveitoso, etc. e tal, o que, é óbvio, não era verdade. Pediram outra garrafa de vinho, agora tinto. Com os queijos veio uma cesta de pães, em fatias. Baguette de tradition, disse uma delas, mostrando a casca grossa e crocante do pão, a maciez do miolo, além do aroma e do sabor, espetaculares. Aproveitei para dizer que a única coisa interessante que tinha feito no período recente foi ter ido, um dia desses, ao cinema, e que era um daqueles típicos filmes franceses, que acabam no meio. Deram sinceras gargalhadas, o que não me surpreendeu, pois esta era uma das piadas que volta e meia costumava contar, e que fazia algum sucesso, em particular quando queria manter uma conversação no mínimo interessante.

Olhavam uma para outra de forma carinhosa. Às vezes, sorriam aquele sorriso misterioso — os belos lábios, convidativos, que eu não podia deixar de fixar, mas não muito, para não dar a impressão errada. Para meu espanto, elas me davam mais atenção do que estava preparado para receber.

Saímos do Le Baron Rouge em direção ao restaurante que sugeriram me levar. Nossas cabeças já estavam inundadas de vinho. Sim, vinho, aquilo que produz consolo e esquecimento e abre as portas da percepção, pensei, o que me fez exclamar, meio sem pensar, à la gloire de Bacchus!, para deleite delas, que quase gargalharam, o que me deixou mais feliz ainda.

Viramos à direita em uma rua e deu para ver pela placa que caminhávamos pela Rue Charles Baudelaire. Nada mais oportuno, pensei, afinal, flanar pelas ruas da cidade, embora não a esmo, em direção a aventuras estéticas (foi este o pensamento que a ocasião me suscitou), é o que começamos a fazer. No fim da rua, viramos à esquerda no que parecia ser uma avenida e seguimos em frente.

Disseram que iam me levar a um bistrot, para conhecer le vrai repas, uma amostra da comida típica daqui. Tudo aqui é vrai(e), pensei — e pensei também na comida de minha avó, a mais típica de todas de minha terra, o que me trouxe uma certa nostalgia triste, que não durou muito tempo, pois alguém comentou algo. A caminhada levou uns dez minutos. Chegamos ao restô, que ficava em uma esquina.

Sem dúvida, a ambience era a de um típico bistrot, aconchegante, o que me deixou mais relaxado. Para começar, pediram uma pichet de vinho e uma garrafa grande de água com gás, "finement petillante", disse Adèle. Depois, como me ensinaram que tinha que ser, afinal, tudo na vida deve ter um começo e uma sequência, disse Emma, nós devíamos encarar a tríade entrée-plat-dessert, para que a experiência fosse completa. Quem sou eu para retrucar, pensei. Comme il faut. Como entrada, sugeriram que eu pedisse arenque, "filets de hareng marinés à l'huile, pommes de terre tiède", o que não pude deixar de acatar, pois garantiram que era uma delícia. Elas dividiram uma bandeja de escargot, "escargots de Bourgogne, beurre persillé". Na sequência, recomendaram, como prato principal, que eu pedisse um filé mignon ao molho de pimenta, "steak au poivre flambé cognac, monté au beurre, gratin dauphinois", o mesmo prato que iriam dividir. Disseram para eu não me preocupar, pois, embora, segundo uma delas, eu parecesse sistemático, não me decepcionaria, comentário que preferi, de forma atípica, não me ocupar, tendo em vista que o que vinha adiante parecia ser mais promissor.

Veio o prato principal. Que visual exuberante!, pensei, e isto dizia respeito ao que meus olhos fitavam com deleite, embasbacados. Bem ali na minha frente, as duas, e o steak au poivre! Um espetáculo para os sentidos. Era difícil dizer o que dava mais água na boca. Meu semblante era o de quem queria dizer algo, mas não encontrava a palavra certa, precisa. Eclatant!, disseram, quase em uníssono, adivinhando e traduzindo em palavras os pensamentos e emoções estampados em meu rosto, rindo uma para a outra. A carne, macia, suculenta, rosada, quase não oferecia resistência às investidas da faca. O molho de pimenta, cremoso, intenso, com grãos de pimenta do reino fresca que explodiam na língua, no céu da boca, abraçava e acariciava a carne. Cada garfada trazia consigo o sentido da vida.

Como sobremesa, continuei embarcando nas sugestões que me davam e pedi profiterole, "généreuses profiteroles 'Maison' au chocolat, glace vanille". A calda de chocolate, copieuse, cobria os profiteroles. Elas dividiram uma torta de maçã, "l'indétrônable tarte Tatin et son pot de crème fraîche". Não resistiram e passaram os dedos na calda de chocolate de meus profiteroles generosos, lambiam os dedos lambuzados, lambiam os dedos uma da outra, olhavam para mim, e riam.

Foi quando, pela primeira vez, tive o prazer de me defrontar com esta experiência crucial, este ato fundador, seminal, este acontecimento estético, sensorial, metafísico, esta vraie experience, que é a imersão na comida típica de bistrot, le vrai repas, pensei. Elas estavam cobertas de razão.

Emma me escutava. Naquele intervalo de tempo, a única coisa que comentou, com certa ênfase, foi que, como pintora, gostava de nus artísticos. Tive a impressão (confessou-me depois, um dia, en passant) que gostava de minha voz, de meu sotaque e, em particular, da poderosa, esta foi a palavra que usou, expressão de meus olhos carentes, volta e meia tristes, que às vezes só com muita dificuldade conseguiam esconder um sofrimento.

Aquele foi o único momento, até então, em que Emma olhava-me com calma, pensativa, demorava-se em me observar, de um jeito diferente, fixando-me com os olhos azuis misteriosos, que pareciam dizer algo, mas que eu não compreendia, estava além de meu entendimento, de uma forma talvez amorosa, meiga, quisera apaixonada, mas que, aquela altura dos acontecimentos, eu só podia atribuir à quantidade de vinho que bebemos. O olhar, o semblante, às vezes melancólico, às vezes radiante, dizia-me algo, mas, mesmo sabendo que há mais coisas entre o céu e a terra do que supõe nossa vã filosofia, eu me via diante de uma camada de realidade que não conseguia decodificar e desvelar. Foi quando Adèle retornou do toilette.

Depois desta esbórnia etílico-gastronômica, enquanto pensava que daqui a pouco a gente ia se despedir, que, malheureusement, o sonho em breve acabaria, Adèle ainda teve a boa ideia de dizer que aquele rendez-vous jamais poderia ser mais perfeito se não fizéssemos uma última "coisinha", e que não era bem aquilo que eu teria em mente, caso fosse eu a escolher o que fazer na sequência, mas, sim, se promener pela cidade, até a ilha Saint-Louis, em uma sorveteria da qual gostavam muito.

Saímos do Chez Paul, retornamos por onde viemos, viramos à direita no que parecia ser aquela mesma avenida e caminhamos em direção à Place de la Bastille.

Já dava para avistar o monumento, uma coluna imponente. De lá, pegamos um boulevard, com amplos passeios, arborizado, e seguimos até a ponte sobre o rio, que refletia as luzes da cidade. Em algum momento, deu para ver, ao longe, a torre apontada para o céu, iluminada. Éramos os próprios flâneurs, embora pós-modernos, pelo menos era como me sentia, perambulando pela cidade, fruições à deriva, conversando sobre tudo e sobre nada, rindo, achando tudo divertido, comentando aqui um aspecto da arquitetura, falando besteira ali, procurando estrelas no céu, tentando fixar na eternidade aquele aqui e agora. Os entusiasmos, afloravam sem repressão. A noite, fresca e agradável. "Éblouie par la nuit", cantarolou Adèle lá pelas tantas. A brisa que vinha do rio embalava nossa flânerie. Logo que atravessamos a ponte, viramos à direita, em uma rua estreita. O passeio era tão curto que tivemos que andar um atrás do outro — eu, o último da fila, olhando ali na minha frente as duas, sentindo seus cheiros, sonhando, naquele momento, sonhos impossíveis. "A brisa leve traz o olor fugaz / do sexo das meninas". Andamos uns dois quarteirões até o local. A caminhada durou uns vinte minutos.

Chegamos à sorveteria, que parecia ser boa, pois estava movimentada. Para fechar com chave de ouro, devemos tomar um sorvete, para fazer a digestão, disse Emma. Disse a elas que gostava dos sabores de frutas tropicais, como não poderia deixar de ser, e de pistache e chocolate belga. Riram, quase gargalharam, dizendo que eram também seus sabores preferidos, além de speculos, caramel au beurre salé e praliné citron et coriandre, que eu desconhecia.

Até que veio o momento da despedida. Disseram que a gente devia se encontrar de novo. Cada uma me deu um rápido beijo na boca. Saíram de mãos dadas, levitando, como se estivessem no nirvana. Lembrei-me de Platão, pois na época lia *O Banquete*: "Seus pés deslizam suaves, pois não pisam o solo, visto que a deusa se move sobre as cabeças dos homens". Enquanto suas silhuetas diminuíam ao longe, na brisa leve, vi que a noite estava tão límpida e estrelada que não conseguia pensar que não há sentido na existência.

IV

O ateliê-apartamento de Emma era rodeado de estantes: predominavam os livros de arte e literatura. Havia também várias molduras espalhadas pelas paredes. Emma pintava Adèle, compenetrada. Os quadros eram reproduções de pinturas conhecidas, todas nus artísticos. Nada mais apropriado na casa de uma artista plástica com tal pendor, pensei. Estes quadros me ajudam a ter ideias, disse Emma. Em uma parede, Les Bagneuses, de Renoir, e Olympia, de Manet. Em outra parede, Venus del Espejo, de Velazquez, La Maja Desnuda, de Goya, e Deux Femmes Courant sur la Plage, de Picasso. Os únicos nus que gostaria de enquadrar estão bem aqui na minha frente, pensei, ponderando na sequência que este pensamento foi um tanto quanto inconveniente.

Quando me virei, meio sem ter o que fazer, para ver em que pé estava a pintura, lá estava Adèle, nua, com aquele corpão, absorta, fumando, pensando sabe-se lá em quê, e lá estava Emma, pintando, ainda concentrada. É obvio que ver os seios e as pernas compridas, bem desenhadas, monumentais, de Adèle me deixou excitado. Mas Emma estava tão atenta em suas pinceladas que aquilo como que controlava o volume querendo explodir minha calça jeans, por sinal um pouco mais apertada do que o normal. Meu desejo tinha que compatibilizar duas forças antitéticas, potentes: as pernas e os seios e a floresta convidativa de Adèle e os olhos azuis e sérios e atentos de Emma.

Havia música no ambiente. A voz grave, agoniada, taciturna, da cantora me chamou a atenção: "Même si vous avez feint de croire qu'y n'se passait rien, quand dans le pays entier les usines s'arrêtaient, même si vous n'avez rien fait pour aider ceux qui luttaient, même si vous vous en foutez, chacun de vous est concerné". Não consegui reconhecer quem era e perguntei. Dominique Grange, respondeu Emma. Disse que nunca tinha ouvido falar dela, mas que tinha uma voz bonita e que as letras das canções eram muito boas. Emma sorriu — um sorriso breve, de quem parece concordar, mas ao mesmo tempo sem estar muito interessada em prosseguir com o assunto. Estava muito entregue à pintura.

Para passar o tempo, eu percorria distraído, de forma aleatória, os livros de literatura. Em uma das prateleiras, peguei um livro ao acaso. Folheei e abri em uma página qualquer: "um homem que ignora o erotismo é tão estranho quanto um homem sem experiência interior. ... O que está sempre em questão é substituir o isolamento do ser, a sua descontinuidade, por um sentimento de continuidade profunda". Refleti, naquele momento, que, apesar de não ignorar o erotismo, sentia-me sempre estranho — e sem experiência interior, seja lá o que isto quer dizer. Ao mesmo tempo, ponderei que minha vida talvez fosse uma sucessão de descontinuidades profundas — mas também me perguntei o que seria um sentimento de continuidade profunda nesta era de vazio profundo.

Próximo ao livro de Georges Bataille havia outros, todos com a letra B: Bauman, Beauvoir, Bishop, Butler. Um me chamou a atenção: Éloge de l'Amour. Por que será que ela gosta de Alain Badiou?, pensei. Já não era sem tempo, demorou, mas Badiou está na moda, virou pop. Se seus livros estivessem disponíveis na época de nossa militância estudantil, talvez muitos não tivessem feito tanta besteira, ponderei. Já não era sem tempo também que filósofos progressistas filosofassem sobre o amor. "O amor é verdadeiramente uma confiança erigida sobre o acaso. ... O amor não pode se reduzir ao encontro, pois é uma construção". Ele acha que o enigma da reflexão sobre o amor reside na duração que o acompanha. Há o "êxtase dos começos", mas o amor é, antes de mais nada, uma construção durável. Uma "aventura obstinada", em que tanto o lado obstinado como o aventureiro são igualmente importantes. Desistir, assim sem mais nem menos, da caminhada amorosa diante de inevitáveis dificuldades, divergências e aborrecimentos, pequenos ou grandes, é uma "desfiguração do amor". "Um amor verdadeiro é aquele que triunfa de forma duradoura, às vezes duramente, sobre os obstáculos que o espaço, o mundo e o tempo lhe propõem". O que será das aventuras obstinadas na modernidade líquida, na era da incerteza radical, dos afetos interessados, interesseiros, dos encontros fugazes, dos beijos efêmeros, da mercantilização das relações sociais?, pensei. A variável tempo parece que há muito foi abolida das equações amorosas.

Na sequência, enquanto tentava pôr essas ideias e indagações no lugar, avistei e peguei uma edição trilíngue de um livro de Octavio Paz, *La Llama Doble, La Flamme Double, The Double Flame*. Não conhecia esta edição, embora conhecesse bem *O Arco e a Lira* e *Os Filhos do Barro*. Também au hasard abri em uma passagem que dizia que a imaginação é o agente que anima tanto o ato erótico como o ato poético. Eu bem que trocaria um punhado de meus poemas, até os sem muita imaginação, pela fruição, mesmo que reduzida, de alguns atos eróticos. Mas pena que, nos últimos tempos, mesmo ainda me restando alguma imaginação, não tenho visto no horizonte nem atos poéticos e muito menos eróticos.

Ele diz que o erotismo é invenção, ação constante do desejo, "pai da fantasia". O amor é atração por uma pessoa singular, um corpo e uma alma. O amor é escolha; o erotismo, aceitação. "Sans érotisme, sans forme visible qui pénètre par les sens, il n'y a pas d'amour mais l'amour traverse le corps désiré et cherche l'âme dans le corps et, dans l'âme, le corps. La personne tout entière". A experiência erótica atinge seu clímax no orgasmo, que ele vê como um "ato indescritível". Uma sensação que flutua da tensão extrema ao completo abandono. Da concentração fixa ao esquecimento de si. Em um curto espaço de tempo, a união dos opostos: afirmação/dissolução do eu, ascensão e queda, aqui e ali, tempo e não-tempo. Fusão instantânea dos extremos, tensão e distensão, afirmação e negação, estar fora de si e reencontrar-se consigo mesmo, no âmago de uma natureza reconciliada.

Depois, avistei o *Une Saison en Enfer*. O poeta caminhante das fugas raivosas. Abri onde havia um marcador de página. Havia uma frase grifada: "L'amour est à réinvinter, on le sait". Será que ela leu isto há muito tempo?, pensei, sem saber muito bem porquê. Será que gosta de poesia tanto quanto de pintura? Não pude deixar de me lembrar dele, meu fiel companheiro de viagem. Talvez eu pudesse dar de presente para ela um livro de poemas do poeta-pensador, que faz minha cabeça. Será que tem traduzido? Claro que deve ter. Como será que traduziram "Vai, Carlos! ser gauche na vida"?

A música agora era de outra cantora, que também não reconheci e perguntei de novo quem era. Zaz, respondeu Adèle, acrescentando que gostava muito dela. Disse que nunca tinha ouvido falar, mas que também gostei, em particular dos arranjos meio jazzísticos, e ainda consegui ver Emma fazendo um sinal com a cabeça de quem concordava com minha observação. Perguntei se era nome ou apelido, e Adèle respondeu que era o nome artístico da chanteuse, que seu nome verdadeiro era Isabelle Geffroy. Fiz uma expressão de quem gostou da informação e continuei a ouvir a música. "Je veux d'l'amour, d'la joie, de la bonne humeur, ce n'est pas votre argent qui fera mon bonheur, moi j' veux crever la main sur le coeur. Allons ensemble découvrir ma liberté, oubliez donc tous vos clichés, bienvenue dans ma réalité". As letras são também bem interessantes, não? Concordaram com um aceno de cabeça, com sorrisos enigmáticos, uma olhando para a outra, eu sem entender muito bem o que aquela troca de olhares queria dizer. Adèle ainda acrescentou que seu timbre de voz nos transporta a um universo de otimismo e fantasia, perfeito para as pequenas manhãs cinzas e difíceis. Não tive como discordar — depois desta, precisava ouvir mais a chanteuse e refletir sobre suas canções e as sensações que ensejava.

Na sequência, procurei por livros de filosofia e política, mas, distraído, comecei a divagar e ser tomado por algumas reminiscências. Lembrei-me de Goia e de Fabi, dos olhos azuis daquela, dos olhos verdes desta, todos expressivos e belos, que, em épocas diferentes, tive a fortuna de poder contemplar, sem pressa, por horas a fio, naquele tempo em que tudo parecia ser eterno, estável, fixo na beleza do tempo, esparramado na grandeza do espaço, na dimensão dos afetos ainda não dissolvidos no vento, "nesse branco total do tempo extinto".

V

Esta viagem onírica pelo passado, esta busca do tempo perdido, foi interrompida, de uma forma até abrupta, por Emma, que me perguntou o que achava da pintura no estágio em que estava. Belo, belíssimo, respondi, com um jeito meio italiano de pronunciar as palavras, o que parece que a deixou satisfeita.

Por hoje, chega, disse Emma. Estou cansada. Preciso relaxar.

Já ia me preparando para ir embora, meio à francesa, quando ela disse que precisava de um vinho. Olhou para Adèle e as duas deram de novo aquele sorriso insondável. Adèle agora cobria-se com um manto, mas as pernas estavam descobertas por completo. Os seios e as pernas colossais ainda me instavam e afligiam.

Emma se aproximou da amiga, e sem olhar pra mim, começaram a se beijar. O manto de Adèle caiu no chão e Emma acariciou suas costas e nádegas. Enquanto se beijavam, Adèle começou a despir Emma. Deu para ver que ela estava sem sutiã e sem calcinha. Os bicos dos seios das duas estavam duros como pérolas. Nuas, abraçadas, as duas pareciam uma só pessoa. Os corpos irradiavam o amor que sentiam uma pela outra. As nádegas e os seios de Emma eram bem alvos. Os mamilos, grandes e rosados, formavam uma ampla e formosa circunferência, bem definida. Seus seios eram maiores do que os de Adèle, sem serem exagerados. Luas e sóis gêmeos, "esferas harmoniosas sobre o caos", as portentosas pernas opulentas, estatuescas, como duas colunas jônicas, ou dóricas, a Vênus de Milo, uma no Louvre, a outra bem diante de mim, pensei, as poderosas Afrodites, as deusas helênicas do amor e da beleza, ...

Eu explodindo na calça jeans apertada admirava inquieto o que se passava. A música continuava agradável. Depois de vários e demorados beijos de línguas, vorazes, pantagruélicos, cada qual com os dedos enfiados na vagina da outra, indo e vindo, Emma virou-se para mim e, com um gesto, apontou para a garrafa de vinho sobre a mesa perto dos livros, e Adèle fez um gesto para eu encher as taças e me aproximar, e quando cheguei perto delas, ainda abraçadas e se esfregando, Adèle fez um sinal que eu interpretei como, vem cá, me traz logo o vinho, mas quando cheguei mais perto, ela estava de costas para mim, puxou-me para mais perto ainda e enfiou a mão dentro de minha calça apertada e segurou-me com firmeza.

VI

A língua lambe as pétalas vermelhas
da rosa pluriaberta; a língua lavra
certo oculto botão, e vai tecendo
lépidas variações de leves ritmos.

A língua francesa
desvenda o que resta
(a fina agudeza)
da noite em floresta.
Mas sem esquecer,
num lance caprídeo,
de ler e tresler
a arte de Ovídio.

Integração na cama ou já no cosmo?
Onde termina o quarto e chega aos astros?
Que força em nossos flancos nos transporta
a essa extrema região, etérea, eterna?

Roupa e tempo jaziam no chão.
E nem restava mais o mundo, à beira
dessa moita orvalhada, nem destino.

Vou beijando a memória desses beijos.

VII

Os corpos desnudos, as almas desnudas, em estado daquilo que chamam de plenitude. Abandonados ao amor, a uma ideia de amor, a comunhão dos corpos e espíritos, um banquete platônico pós-moderno. Havia algo ali, naquele momento, talvez anjos guardiões de sons, sopros, cheiros e formas, imagens em rimas e ritmos perfeitos, musas flutuando sobre a claridade do desejo, como uma manhã serena, vasta, reluzente, como a paz que desce e cobre como um manto nossos sonhos mais profundos. Joie de vivre.

Nós três, au naturel, exauridos, aconchegados, o calor e o suor das peles encantadas, a tríade romanesca, cerimônia do adeus ainda não há, quando sinto uma mão, depois duas, agora línguas, a espada homérica, a expansão hercúlea, o falo feliz, frêmitos vaporosos e libertários, de volta ao banquete platônico.

La petite mort est morte.

A chanson française continuava ensolarando o momento:

J'amerai toujours le temps des cerises,
c'est de ce temps-lá que je garde au coeur
une plaie ouverte.

Et dame Fortune, en m'étant offerte,
ne pourra jamais fermer ma douleur.
J'amerai toujours le temps des cerises
et le souvenir que je garde au coeur.

O tempo das cerejas. Colho cerejas de cores diferentes. Elas são azuis e esverdeadas, suas flores abrolharam na beira de meu precipício.

O lirismo é um estado de espírito às vezes incontrolável, espontâneo, pensei.

Era como se o tempo estivesse suspenso. Lá fora, na irrealidade cotidiana desértica, a vida bruta, animalesca, grotesca, a existência desencantada, o capitalismo selvagem, a barbárie e o caos, o angelus novus, a massificação, a opressão, o consumismo, a solidão, a liquefação dos laços, a incomunicabilidade, a corrosão das consciências, o eclipse da alma, a xenofobia, a intolerância, o trabalho alienado, a mercantilização da vida, a degradação ambiental. Aqui dentro, com elas, a pulsão da vida, a razão de ser, o sentido da existência, a esperança no devir, a utopia realizada, o canto radioso.

Às vezes, especulava sobre o sentido de tudo aquilo. O que será que elas queriam, com aqueles encontros? Seria eu um mero veículo, um instrumento, para o prazer delas? Se eu tinha prazer, seria para elas algo secundário, indiferente? O que viram em mim? Mas eu não tinha nenhum questionamento moral quanto a ser homem-objeto, se fosse o caso. Estar com elas, na presença delas, já me deixava feliz. Violentamente feliz.

Eu sabia que estava ali por mero acidente. Talvez, poderia ser qualquer outro — se o objetivo era a satisfação de suas fantasias eróticas, turbinar a libido, essas coisas. O fluxo da energia sexual tem razões que a própria razão desconhece. Calhou de ser eu. Consciente disto, procurava fazer o melhor que podia nas circunstâncias. Eu ter me apaixonado foi apenas um efeito colateral, um mero detalhe nesta história. No fundo, sabia, só não queria pensar nisto, que, um dia, aquilo podia acabar, o que era uma espécie de antídoto para a inevitável dor de amor, pensamento este interrompido por outro, vindo não sei como de onde: do onanismo à ménage à trois, pas mal, pode até ser o título de um conto, ou romance, especulei.

VIII

"J'ai deux amours, mon pays et Paris". Enquanto ouvia esta chanson na livraria em que procurava algum livro de poemas dele, o poeta-filósofo, reconheci a voz quase rouca, às vezes dilacerada, com seus scats estonteantes, de Isabelle Geffroy. Conhecia uma versão desta música na voz holidayana de Madeleine Peyroux, um arranjo mais lento, arrastado, jazzy, com uma atmosfera mais intimista, romântica até, própria para aquelas trocas amorosas que necessitam de algum tipo de empurrão, mesmo que rumo à amassos sem rumo. A de Isabelle era alegre, até dançante, meio gospel, como que celebrando a joie de vivre. Não pude deixar de me lembrar delas, algo que eu fazia, claro, àquela altura dos acontecimentos, quase que o dia todo.

Matutava como retribuir. Talvez, escrevendo e entregando um poema. Como disse Alain Badiou, há uma afinidade entre o poema e a declaração de amor — é só saber escolher as palavras certas. Em certas ocasiões, escrever e/ou dar um poema para alguém é como fazer uma declaração de amor. Como, hoje em dia, não consigo mais escrever poemas, procurei em meus escritos de outrora algum que viesse a calhar para a situação. O maior obstáculo seria a tradução, traduttore, traditore, pensei, e, ainda por cima, estava além de meu conhecimento traduzir de forma razoável, honesta, qualquer poema que fosse, mesmo meu, o que me fez desistir.

Sai da livraria e olhei ao redor. Parecia primavera.

IX

Quando recebi a informação, senti algo ruim, um pressentimento inevitável. Meu avô, que era como um pai para mim, estava muito mal. Um acontecimento inesperado que me fez retornar para minha terra. Não podia deixa-lo lá. Sabia que precisava de mim. Tinha este dever, moral e afetivo. Precisava segurar sua mão. Contar aquelas piadas sem graça que eu conhecia, mas que ele sempre gostava de ouvir, e sempre ria. Quando me perguntasse se ainda fazia poemas, responderia que sim, o que não era verdade, somente para alegrá-lo, e lhe dizer que enquanto houver vida, haverá arte.

A gente ia se lembrar, como sempre acontecia quando nos víamos, daquela vez, a única vez, em que o acompanhei, ainda pequeno, em uma de suas inúmeras pescarias pelo Rio das Velhas. Quando um rio de forte correnteza encontra paredões estreitos e barreiras rochosas, a paisagem logo te transforma, disse, enquanto preparava as varas e os anzóis. Escondida entre as nuvens há uma terra de rios turbulentos, grandes veredas e altas montanhas. Gosto mesmo é de pescar em águas turvas, pois é dali que sai o que menos esperamos.

No início, é difícil entender. Depois, sorrateiramente, de toda a parte, das profundezas de tudo, vem a dor. Ela envolve, domina, sufoca. Nada é familiar, não há existência, só a dor, aquela dor que eu já tinha ouvido falar, mas que agora era uma nova dor, a que nunca engana, a que percorre todo o universo.

Fiquei mais tempo do que o planejado. Muito mais tempo. Quando voltei, parecia inverno.

X

Gostaria de ter levado minhas duas amigas para conhecer as montanhas de minha terra, as cachoeiras onde me deleitei na juventude, as fazendas de minha infância, os verdes os azuis os aromas impregnados na memória, a comida de minha avó, a mais típica, o pão de queijo fresquinho, saindo do forno, um cheiro reconfortante, como um aconchego de mãe, o biscoito de polvilho, a rosca trançada, cheirosa, ainda quentinha, fofa, macia, que eu desfiava como quem alisa um cabelo, o tutu de feijão, feijão tropeiro, pernil assado bem temperado com limão-china, mandioca frita, crocante por fora, macia por dentro, torresmo pururuca, couve cortada fininha, costelinha ao urucum com ora-pro-nóbis, frango com quiabo e angu, rabada com batata-salsa, mexidão, e explicaria a filosofia do na natureza nada se perde, queijo do serro, da canastra, do salitre, as quitandas, ambrosia, doce de leite cremoso, pamonha, canjica, doce de banana da terra com cobertura de suspiro, assado no forno, goiabada cascão cremosa com pedaços generosos da fruta, feita em ponte nova, o terroir da goiabada, passeio à cavalo, tomar leite fresco no curral, chupar jabuticaba debaixo da árvore, os botecos de minha cidade, o clube da esquina, o mercadão, as cidades históricas, o barroco, o gauche na vida, o poeta visionário (o pastor pianista), o fabuloso joão fabulista, suas veredas, seu grande sertão, o proust local, ...

Mas não há mais Emma, seus olhos, o azul do céu, a rosa azul, não há mais Adèle, sua boca, o mel da vida, a rosa grega, não há mais nós três, só Adèle, dando aulas em algum lugar no interior do país, só Emma, aperfeiçoando sua arte em algum lugar em outro país distante, soube que seus cabelos não eram mais azuis, só eu, de volta a tudo aquilo, "Eta vida besta, meu Deus".

O tempo das cerejeiras — cerejas doces, azedas, com o gosto do sorriso maroto, puro, de Adèle, com o gosto dos olhos tristes, a melancolia azul, quisera apaixonada, de Emma.

La petite mort. "I lost two cities, lovely ones. And, vaster, / some realms I owned, two rivers, a continent".

Há filmes que acabam no meio.

AS PALAVRAS

Acordo meio zonzo. O ruído compassado, correto, do relógio é o único companheiro. Tento de todas as maneiras possíveis agarrar o sono que não vem. A insônia é a companheira indesejada dos que sofrem. Estou desesperado, sem saber o que fazer. Minhas mãos tremem, meu coração dispara em face de um vazio incontornável, minha face crispa-se diante da ansiedade ímpar. Tenho vontade de chorar, mas a lágrima que escorre em meu rosto é mínima — poderiam ser tantas, as lágrimas, mas meus olhos vertem esta única, que concentra toda a minha dor. Esta lágrima já não mais comove, é uma lágrima solitária, por isto mesmo, lágrima poderosa, senhora entre seus pares, machuca mais do que um pranto desaguado, sentido. Corro à caneta e ao papel.

— Vocês virão, mais uma vez, me ajudar? Conseguirão me trazer alguma elevação? Estava desacostumado de vocês, há muito que não as visito e é bem provável que já nem mais me reconheçam. A sensação é abissal. Alguém para conversar! Somente uma pessoa, um alguém qualquer, para que aquelas besteiras que cremos serem besteiras pudessem ser ouvidas com atenção, sem menosprezo e enfado. Falar daquelas bobagens que amargam meu indefeso peito, queria poder dizer a alguém a grande tolice, que amar é o verbo, que amor é o substantivo, o sentimento que subjuga, que re-significa todos os demais. Mas, não. A distância que me separa da ideia opaca, obscura, de amor é enorme, talvez um abismo. O meu amor tenta pular por sobre o desfiladeiro, alçar um voo audacioso por sobre este maldito penhasco que toma conta das consciências e dos afetos e bate de cara nas encostas. Este voo parece não ter muito fôlego. Isto me desespera, me deprime, me mortifica. A folha em branco olha-me com uma eloquência sóbria. Seu chamado, canto de sereia?, parece ser a única saída possível.

— Somos nós ou acabou. Viemos açoitá-lo, sabichonas que somos. Suas forças estão por findar: a fraqueza, o esmorecimento, a hesitação é agora o nome do seu estado de espírito — ronda ao seu redor o imponderável.

— Palavras, palavras, palavras... Ah!, de quantas já me safaram, suas danadas! Sinto-me como que encabulado por ter que me sentar de novo com vocês, neste mesmo banco, neste mesmo jardim, fitando este mesmo (des)horizonte. Lembram-se da última vez? Nem eu, faz tanto tempo, não é mesmo? E vocês nem mudaram! Continuam as mesmas. Firmes e fortes. Guardiãs de sentidos e da falta de sentido.

— A marca do tempo é impiedosa em seu semblante.

— É verdade, vocês têm razão. Mas acham que envelheci tanto assim?

— Sim. E já estamos cansadas de saber como você se expressa, esses monólogos dramáticos românticos. As contrariedades se avolumaram, a vida jorra alegria e tristeza em doses extremas e alternadas e a este comum dos mortais tem sido difícil esquivar-se das intempéries. Por mais que rupturas descortinem algo, você se sente, a cada dia que passa, com as energias mais e mais desgastadas, exauridas, mais e mais o fatídico te engolfa. Um bom calmante talvez mitigue a situação. Ou: "*A Náusea* ou *A Queda* valem dez vezes mais do que um vidro de lexotan", lembra-se?

— Mas, reparem, a morte talvez seja uma saída. "Morrer, entrar no nada sem resolver nada", ou ainda: "O suicídio não é uma solução, mas uma hipótese". Henrique do Valle e Antonin Artaud. Como são idiotas, não? Precisavam me desencorajar desta maneira?! Dói-me a covardia frente à morte e angustia-me não poder resolver de imediato o problema. Quisera ter forças para buscar uma saída. Não consigo entender a razão desta impotência, bem nossa, seres humanos, face ao desconhecido, ao misterioso caminho do nada. Se nossas vidas assemelham-se ao nada, qual a vantagem em não se deixar levar nos braços da morte? São vazios equivalentes.

São negrumes e vias tortas que se entrelaçam e se completam. Vida, morte, é tudo o mesmo, com o triunfo (possível) de que o pós-vida, o pós-tudo, tenha atrativos a mais. Afinal, não desconhecemos sua real dimensão e sua exata geometria? Morrer, morrer, morrer...

— Morrer de amor? Pela revolução? De tédio? De vergonha?

— Entendi a ironia. Engraçadinhas. Não, não gostaria de me matar, nem que ninguém me matasse. Apreciaria, con mucho gusto, uma morte calma, serena, sem violência, como num sonho bom. Isto mesmo! Gostaria de morrer sonhando. Sonhando com minha vida, com os momentos contraditórios de minha existência, com os momentos que foram causa e origem deste desejo ardente. Sonhar com ela...

— Aquela ela genérica, impessoal, idealizada, invisível, estereotipada, objetificada por sua visão masculina, que em seus relatos aparece quase sempre rasa, sem psicologia interna, sem voz, quando muito com desejos passivos, direcionados a você, claro, com um ou outro atributo físico, que te desencadeia alguma reação, talvez uma excitação? Arousal, para dizer da maneira pedante que você gosta, para exibir alguma erudição? Que poderia ter escrito e recitado para você algo que nem "Como se te perdesse, assim te quero. / Como se não te visse (favas douradas / Sob um amarelo) assim te apreendo brusco /

Inamovível, e te respiro inteiro / Um arco-íris de ar em águas profundas"?

— Sonhar com ela todos os bons momentos, imaginar tranquilo que jamais precisarei dela. Nem dos amigos, nem das leituras, nem dos familiares, nem da folha em branco, nem...

— Vamos chorar...

— Tenho uma vontade abrupta de chorar e anunciar para todo mundo que neste exato instante o mundo, vasto mundo, não tem mais nenhum sentido para mim. É-me indiferente a vida! Quero morrer!

— Além do viés parnasiano, tem estas recaídas melodramáticas, sentimentalóides, afetações pomposas, etc., típicas de um romantismo demodé. Um dia, você vai acabar na ABL. Desabafos sem enredo não vão te levar a nenhum lugar. Em que século você vive? Não aprendeu nada com sua amiga Rita, que entende das manhas e artimanhas da escrita? Que te sugeriu um montão de coisas, entre outras, como largar seus vícios e excessos: ênclises, erudição, linguagem formal ensaística acadêmica, estereótipos, clichês, citações quilométricas, de preferência em outro idioma, etc. Lembra do que ela te disse? "O excesso esconde o real poder da palavra, do texto" — "Escrever bem não é escrever difícil". Este livro é a última chance de você se redimir de seus pecados e vícios. Como é mesmo que você se expressou? "É-me indiferente a vida! Quero morrer!" De onde você tirou isto? Nem um Werther temporão iria tão longe!

O barulho do relógio continua lá, um som militar, mas já não me incomoda tanto. Meu coração retoma sua batida normal, meu rosto parece mais relaxado. Me sinto dono de mim. A escuridão deixa de ser aflitiva e ensaia tornar-se companheira. Ops! A escuridão aflitiva me acompanha. Melhorou, mas nem tanto. Olho ao redor, silêncio total. Consigo ouvir minha respiração, tranquila. A mente o pensamento a memória jorram códigos ideias imagens que minhas mãos desenham. Levito no vazio. Um abandono a todos os afetos — um abandono de todos os afetos. Estou vestido de lembranças e a lágrima, aquela solitária lágrima que estava para verter, congelada em meu olho esquerdo. Nenhum beijo, nenhuma aclamação, nenhum abraço, nenhum reconhecimento literário, nenhum afago, nenhum aperto de mão, nenhuma declaração apaixonada, nenhum sinal de vida, só estas palavras, extraídas a chicotadas, de uma caneta qualquer, em uma folha qualquer, em algum lugar, em algum tempo. Deitado, cubro-me de nada. O nada me resolve e me consola. O pensamento só agarra o nada. E, num cochilo do nada, no nada, percebo que havia, vivo, morrido há muito. A redenção, na palavra.

SONHOS

A reação nervosa daquele político ainda reverberava em minha cabeça. Teria sido tudo mesmo manipulação? Era difícil acreditar nisto. Mas o impacto de sua versão das coisas parecia ser convincente. "Eles só contaram a metade da história. Fotografaram-me enquanto eu ia, mas se esqueceram de mostrar ou discutir o caminho de volta. Distorceram os fatos de forma a vender uma versão que só interessava a determinadas pessoas. E toda a gente embarcou nesta jogada". Estava quase todo mundo lá e ninguém se levantou para defendê-lo ou atacá-lo. Parecia um silêncio de reconhecimento, aceitação e pactuação. Como alguém pode ser tão execrado em público e, na hora da revelação da verdade, todos se calam? Ninguém se dignou a reconhecer seus erros. Qual versão acreditar?

Foi sob o impacto destes pensamentos que encontrei Maria na sala de nossa casa. Com um vestido florido, o comprimento ia até um pouco acima do joelho, mas não era uma mini-saia, dava para ver suas pernas bonitas. Ela me abraçou, com uma mão envolvi suas costas e com a outra percorri suas nádegas. O contato de nossas regiões púbicas me deixou excitado. Senti meu pênis ereto, pressionado em minha calça jeans, ao mesmo tempo em que se encaixou com perfeição entre seu ventre e suas pernas bem desenhadas. Nestes momentos, lembro-me sempre da vez, ou das vezes, em que ela me disse que nossos sexos foram feitos um para o outro. Ao mesmo tempo, percebi, apertado em meu peito, que seus seios estavam duros. Tudo durou alguns segundos — ou mais.

Na sala apareceu meu amigo Matheus, que tinha um livro debaixo do braço, *Como Escrevo*, ou *Como Escrever*, não deu para ler o título direito. Após separarmos nossos corpos, ela o cumprimentou, enquanto eu alisava seus cabelos. Ficamos alguns segundos parados, os três ali em silêncio. Só se ouvia uma música. Perguntei para ela como estava seu pai. Ela me respondeu que ele tem bebido muito, como sempre. Me lembrei do velho na época em que o conheci. Percebo agora que o trágico de tudo isto é que aquele que poderia ter sido o pai ideal acabou como meu pai real, verdadeiro, aquele cujo fantasma somos obrigados a carregar pelo resto da vida.

* * *

Entrei no quarto e Anna F. estava deitada de bruços. Podia ver com nitidez sua pele macia, morena. Vestia um pijama de seda, branco ou bege, não me lembro bem, camisa e short. Suas pernas, compridas. O desenho de seu pé, perfeito. Me deitei e a abracei por trás. Ela se virou e eu já estou deitado em cima dela. Seu pijama se abriu após este movimento e vi os bicos de seus seios duros. Acariciei seus peitos que pareciam que iam explodir. Me deitei novamente sobre ela e enfiei meus braços entre a cama e suas costas. Apertei-a com força e comecei a beijar e lamber seu pescoço e seu queixo. Lambi e mordi suas bochechas e, de novo, seu queixo, por um bom tempo. Percebi que ela estava com os olhos fechados. Parecia gostar. Minhas mãos alisavam suas pernas e sua pele ficava arrepiada. Virei um pouco para o lado e comentei que queria mostrar a ela muitas coisas novas. Respondeu que não queria, que não estava interessada. Eu insisti dizendo que o lugar era muito bonito, tinha muitas coisas interessantes e agradáveis, que foi lá que passei os melhores momentos de minha infância, mas ela repetiu que não estava interessada. Pareceu-me preocupada e irritada.

Levantei-me e sai para caminhar por algumas ruas de meu passado.

* * *

Fazia muito tempo que não via Angel. Muito menos pensava nela ou me lembrava de que um dia existiu. O fato é que pareceu o reencontro de duas pessoas que se viram no dia anterior, como se não estivéssemos separados, cada qual em seu caminho, durante um bom tempo, um sem ter notícias do outro. Depois de uma troca de cumprimentos e alguns comentários sem conteúdo, já não havia mais necessidade de meias-palavras. Perguntei se queria ser minha amante. Respondeu que sim e que não. Estava casada há anos e tinha dois filhos. O primeiro, lembrei-me enquanto falava, foi o que a levou a se casar. Disse que como esposa e mãe não podia se permitir a isto. Mas havia um passado que a levava a aceitar minha proposta e dizer sim. Tentei argumentar que, nestas circunstâncias, questionamentos morais são perda de tempo. Ela disse que sabia que eu estava certo, que em outras épocas ela também não se incomodaria com questões morais, ou com convenções, que são apenas atrasos de vida, ainda mais quando o assunto era o prazer. Mas sabia também que o tempo afeta, de uma forma dura, implacável, o semblante e o comportamento das pessoas. Disse que, naquele momento, sentia-se velha por ter que pensar demais no assunto, por ter que se preocupar demais com o que fazer, em outros tempos tudo era mais fácil, bastava se entregar para o incerto, mas emocionante, da vida, em certos momentos não deveriam existir dilemas morais a nos impedir de exercitar nosso hedonismo. Como sempre, gostava de filosofar, e, na ocasião, filosofar era para ela uma boa rota de fuga da impossibilidade de agir, de seu medo de confrontar sem culpas as famosas convenções. Ela tinha cortado o cabelo, bem curtinho atrás e com uma franja, estilo anos vinte. Pintou-os de preto. Naquele tempo, eram castanhos bem claros e longos e ondulados, belos. Ponderei que a mudança interna significava também uma mudança externa, de aparência. Ou vice-versa? Mas seus olhos azuis, inquietos, revelando sua inteligência incomum, e seus seios fartos, macios, dentro dos quais passei momentos de prazer intenso, eram os mesmos. Enquanto falava agora que seu marido não ia gostar muito desta situação, eu olhava distraído seus imensos seios, imaginando quão bom seria tê-los de novo apertados em meu peito, em minhas mãos. Esta sensação me trouxe a lembrança de como fazia barulho, gemia, até gritava, no ato sexual, o que às vezes me assustava, mas que em geral gostava. Ela deve ter percebido o que se passava dentro de mim, pois parou de falar, olhou-me bem nos olhos, oceânica, o que durou um certo tempo, não sei se muito ou pouco, e quebrou o silêncio dizendo que ainda gostava de mim, como gostou no passado, e me beijou, foi bem romântico o beijo, seus lábios relaxados e quentes, sua boca ofegante, sua língua entrelaçada na minha. Em seguida, mordeu minha orelha e me sussurrou no ouvido que, sim, seria muito bom sermos amantes. Afastou-se e seu olhar azul antecipou o que iria dizer a seguir, que ela não podia fazer aquilo, que com o tempo as coisas mudam um pouco, talvez para melhor, talvez para pior.

Despediu-se dizendo que a gente se via por aí, um dia.

* * *

Até onde me lembro, mas sem muita certeza, parece que foi mais ou menos assim.

Já sei, nem precisa dizer, continuamos no próximo encontro.

UM ENCONTRO

Não fosse o frio, decerto as coisas teriam transcorrido de maneira bem diferente. Jogar nas costas das intempéries a culpa desta ou daquela situação não é lá uma maneira muito sutil e inteligente de justificar determinadas circunstâncias que, talvez pela sua própria natureza, estão fadadas ao insucesso. O acaso é poderoso. O fato é que naquele dia frio, numa sexta-feira de outubro, em uma atípica primavera, com resquícios invernais ainda acentuados, a pesada bruma que envolvia os arranha-céus da cinzenta e gélida São Paulo (quanto clichê) fornecia uma moldura quase que perfeita para o que se passava em minha cabeça. O ambiente moldando o pensamento — ou seria o contrário?

Durante a caminhada de cerca de cem metros, percurso do desembarque do ônibus até a estação de metrô mais próxima, veio o primeiro impacto de uma série de muitos outros nesta já atribulada vida pontilhada de choques os mais diversos e estranhos. O movimento em si das pessoas e dos veículos não me assustava. Experiências prévias de vida em cidades como

Paris e Londres haviam me dado um certo trato com o cotidiano das grandes metrópoles. Já estava meio que acostumado. Contudo, pressentia à minha volta um ar de mistério e enigma que, por maior o esforço que fizesse para decifrá-lo, mais me intrigava. Nem mesmo os rostos das pessoas, suas expressões faciais, eram compreensíveis, logo para quem se orgulhava em decifrar as pessoas somente por um rápido e minucioso passar de olhos, de cima a baixo.

Este estranhamento foi aos poucos perdendo terreno para um fascínio quase infantil. A passagem pela estação ferroviária reacendeu de imediato a lembrança dos trens e estações ingleses, devido à enorme semelhança entre a arquitetura de uma e de outra, uma sensação quase que perfeita de déjà vu. O episódio da perda do trem na estação de Cambridge, na viagem tão ansiada para Londres, em que me encontraria outra vez com Christine, e tentaria uma reconciliação, tratou de impedir que continuasse com minhas recordações.

A entrada no metrô veio acompanhada de mais surpresas. Pensei em beliscar a mim mesmo, como se sugere em situações que nos parecem inacreditáveis, ou um verdadeiro sonho. Em vez disto, preferi apenas murmurar: Isto é o meu país! Finalmente!, seguido de um suspiro tão profundo, mas tão profundo, que, se alguém estivesse observando, ia pensar: tadinho, que dó!

Certas emoções são em particular fundantes, extremas, e uma delas é a emoção da chegada. É como um filme em que há, de uma hora para outra, uma mudança brusca de cena, sem ninguém entender como e porquê. Estamos em um determinado lugar em que as pessoas, as casas, o clima, a vegetação, a cultura, tem suas próprias características, seu modo de vida próprio — de repente, passado um certo tempo (semanas? dias? horas?) estamos diante de uma noção de espaço e tempo bem distinta da anterior.

O constrangimento maior é a idealização, o estereótipo, das coisas de um lugar. Well, Sir, imaginava encontrar em Londres, talvez por causa de uma crença ingênua, fruto de leituras juvenis das aventuras de Sherlock Holmes, mas também porque na tenra juventude somos um tanto desinformados e idealistas, o paraíso terrestre por excelência, os britânicos e sua galhardia e gentileza, os "lordes" passeando de fraque e bengala pelas ruas com aquele ar empoado, superior, de quem parece dominar o mundo, as belas inglesas de olhos azuis, cabelos da cor do sol e faces rosadas, tais quais duas maçãs apetitosas, para usar alguns lugares-comuns, os Roll-Royces e Austins circulando garbosos pelas ruas cheias de ônibus vermelhos de dois andares, a pontualidade britânica de causar admiração e, depois, tédio. O que encontro? Sorry, Sir, pessoas atordoadas, à procura de trabalho, violência racista e xenófoba nas ruas, gangs de jovens à deriva, cujo passatempo predileto é devastar tudo o que estiver pela frente, a hipocrisia, o esnobismo, a ostentação do luxo de uma monarquia sustentada por milhões e milhões de libras esterlinas, enquanto o medo, o desespero e o desalento tomam conta das pessoas. Este é o constrangimento que a idealização pode causar.

O que dizer, então, desta cidade, Sampa, como começaram a dizer, depois de todo este tempo? Neste momento, prefiro evitar palpites e deixar que os acontecimentos fluam, tudo muito natural. A primeira impressão pode ser a que não fica. Decerto, não poderia imaginá-la como em um conto de fadas. Há muito que meu coração de pedra, embora já tenha sido de poeta, transformado pelo tempo e pelas circunstâncias, não mais se permite fantasias. Nestas horas, atordoa-me a ideia de não mais conseguir sentir e pensar como uma criança, me deixar levar pelo encantamento e pelo desprendimento, pela pureza e ingenuidade em relação às coisas. As coisas que são meu próprio mundo, mas que trato com uma distância e um medo inexplicáveis. Tudo muito estranho. Como inexplicável foi a imensa vontade de distribuir beijos e abraços a todos com os quais cruzava, insanidade interditada de imediato quando da chegada do trem na estação do metrô e de uma sensação de ridículo que me dominou.

Quando penso na vida, o que todos nós fazemos com uma frequência talvez excessiva, em como nossas diversas experiências contribuem, de uma forma ou de outra, para tentarmos ao menos melhorar a existência, no melhor meio de colhermos e digerirmos sensações e impressões que farão, juntos uns aos outros, com que possamos desfrutar de dias mais felizes, pergunto-me: até que ponto caminhamos de fato para estes supostos dias de céu azul e sol? Talvez as atribulações nos dão apenas mecanismos de defesa que nos tornam mais resignados, menos tristes, mais refratários às vicissitudes da existência, encarando-as como inexoráveis e tentando até mesmo encontrar algum sentido em sua lógica, algo maior do qual somos uma ínfima e insignificante parte, impotentes para influenciar ou mudar sua dinâmica.

Este ceticismo, ou melhor, este pessimismo crítico, que ora me angustia e me entorpece não impede que eu desvie a atenção de minhas digressões — e procure, lá vou eu de novo com minhas obsessões favoritas, apalpar com olhos estupefatos as pernas da jovem que se sentou bem à minha frente, cuja menina dos olhos tem a forma de um coração, e em cujos lábios e boca residem as profundezas do paraíso, a solução perene de tudo.

Sobre as pernas sinuosas da jovem, o livro *Reunião*, devorado pelos olhos de coração.

— Você também gosta de poesia? Sou fã. Por coincidência, este livro acompanha-me desde muito jovem, uma espécie de livro de cabeceira, sabe?, desde a época em que acreditava, bons tempos aqueles, que seria poeta.

— Você parece um iceberg.

— Você acha mesmo? E de onde você tirou esta ideia absurda?

— Seus olhos dão a impressão de que suas veias estão geladas. Dá alguns calafrios ficar olhando para eles. Mas isto não é lá uma coisa muito agradável de se dizer.

— OK. Sem dúvida, também acho que isto não é lá uma coisa muito agradável de se ouvir.

— Minha intenção não foi te ofender.

— No offense. Concordo.

— Foi uma metáfora.

— Ah, para quem gosta de poesia, nada mais legítimo. Mas, você tem razão. Não é a primeira pessoa que me fala desta maneira. E é por isto que tento entender este tipo de ponderação como algo até compreensível ou, digamos, absurdo, para eu lidar com a ideia.

— Vou descer logo adiante.

— Você também vai descer daqui a algumas estações? Que bom, isto é, que coincidência, quem sabe a gente possa tomar algo, ou comer algo, estou morto de fome. E se não for um incômodo muito grande, você poderia me falar sobre a cidade, sabe, faz um bom tempo que não venho aqui, as coisas parecem ter mudado muito.

— OK. Por que não?

— Você concorda?! Ótimo!

Luci me fascinou desde o primeiro contato. Cabelos compridos, lisos, de um castanho mais para escuro do que claro, caíam sobre os ombros. Olhos alegres, irrequietos, no centro um tom esverdeado, rodeado por uma leve coloração amarronzada na borda. Olhos degradé, pensei. Um sorriso de dentes salientes parecia ter concordado com este lugar-comum.

De uma maneira que eu não conseguia entender muito bem, a conversa fluía tranquila, sem amarras. Já há um tempo não conseguia conversar com as pessoas, em particular do sexo feminino, de modo tão aberto, tranquilo e tão sem restrições de minha parte. Atribuía este meu comportamento à forma como a vida se apresentou para mim. A certeza era a de que não fora nada estimulante, como um todo. A felicidade me soava como uma noção bastante vaga, algo que as pessoas estão sempre a buscar, sabendo o caminho necessário a ser trilhado, mas pouco tentado. Vinha-me sempre a ideia do medo. Medo de ser feliz, ponderava, com medo de que alguém lesse meu pensamento. Incomoda pensar que as pessoas vivem de braços dados com o medo. E isto é um aspecto da realidade que se pode verificar com facilidade. Mas, pense bem, não é algo imutável. Embora muitos acreditem na permanência das coisas, em realidades fixas, isto não significa que não pode deixar de ser assim, que não podemos mudá-las com nossas próprias ações. Afinal, não é mais ou menos isto o que diz aquela das mais batidas das *Teses sobre Feuerbach*, do velho barbudo?

Conversa vai, conversa vem, descobrimos que éramos da mesma região do país. A descoberta de uma amizade nova é sempre fascinante, ainda mais quando percebemos que esta nova amizade vem do mesmo lugar em que nascemos. Chauvinismos à parte, o fato é que descobrir que éramos da mesma cidade contribuiu para o estreitamento de nossa, digamos, relação, pois parecíamos agora conhecidos de longa data. Não pude deixar de me lembrar de minha cidade, daqueles bons tempos, em que tudo parecia luminoso, até as coisas ruins, e de todas aquelas coisas, hoje fincadas na memória, que às vezes me assaltam o sono: o pôr do sol, o nascer da lua, os banhos de cachoeira, o verde e o frescor das montanhas, o perfume das damas da noite, os sopros poéticos. Em meus olhos perdidos, brilhos nostálgicos. Sonhar acordado é bom.

— Eu vim de Belô, depois de um relacionamento fracassado.

— Venho de lá também. Minha vida no colégio, na universidade, os afetos devastadores, o início da vida profissional, as primeiras decepções marcantes, etc. e tal, tudo isto tem a marca registrada daquela cidade que até hoje teimam em classificar como tendo um horizonte maravilhoso.

— O pôr do sol de lá ainda é o mais bonito que já vi.

— Mesmo?! Estranho. Imaginava que a cidade se desfigurava aos poucos, suas belezas naturais e arquitetônicas sendo devastadas. Pelo menos esta era a imagem e os relatos que me chegavam, na época em que tive que "me estabelecer" lá fora. Às vezes, chegava mesmo a me abater só de pensar em nossa cidade como uma segunda, futura e piorada São Paulo. Me lembro muito bem quando nosso grande bardo, quer dizer, o poeta-filósofo, ele faz minha cabeça, viu?, ter escrito aquele poema, "Triste Horizonte". Entendi o poema como um grito de angústia e frustração pelas perdas que estavam impondo à cidade. Um poema crítico, contundente, nostálgico. Como um suspiro pela perda da memória afetiva do poeta, imposta de fora. No lugar, o vazio, a destruição da memória, agora sem memória. E que a partir daquele momento não mais regressaria aquela cidade que um dia foi o berço da inspiração poética de inúmeros cantadores das agruras humanas.

— "Tudo é belo e cantante na coleção de perfumes das avenidas que levam ao amor, nos espelhos de luz e penumbra onde se projetam os puros jogos de viver". Está aqui no livro.

— Legal. Você está ligada. Achei que aquele bocejo era por que eu estava falando demais. Às vezes, eu me animo e solto o verbo. Mas só às vezes.

— Tranquilo. Vá em frente. Você parece que tem algo preso aí que precisa vir à tona.

— Ahn?, entendi... Bom, aquilo me soou como algo revelador, crucial. Tocou-me. Imagine só, um poeta renegando a própria cidade, que tanto amava, por causa das melancólicas transformações que estavam impondo a ela! De como a Serra do Curral e a Igreja São José estavam sofrendo com a ganância, a especulação imobiliária, a mercantilização da vida cotidiana, até da religiosa. Nada mais coerente de minha parte do que concordar com o poeta — e me solidarizar com sua indignação. O mal do século, deste e de anteriores, minha cara, posso te chamar de minha cara?, é o capital, a contradição em processo, não acha?

— Você é meio acadêmico e às vezes fala como quem está escrevendo um ensaio. Mas certas belezas naturais resistem, são perenes, e nem os homens podem destruí-las — pois se trata no fundo de ações dos homens, não das mulheres, certo? E o crepúsculo belo--horizontino, para falar como você, é uma delas.

— Concordo, deve ser, se você diz assim, com tanta propriedade e convicção.

— É uma manifestação de mineiridade.

— É, deve ser.

— Mas não gosto de pão de queijo.

— O que?! Cê tá brincando, né?!

— Só o da minha avó. Bom demais.

— Ufa! É, deve ser, se você diz.

Meus primeiros dias no país, depois de um bom tempo fora, e as coisas não caminham de forma ordenada, previsível. As perspectivas parecem caóticas — e o futuro, incerto. Sinto que os alicerces da minha lógica sofreram um abalo violento e profundo. A lógica. A explicação. A ontologia dos fenômenos da superfície. Tudo tem uma explicação, portanto, quero a explicação. No entanto, sentia-me agitado, como se estivesse me debatendo em mares intermináveis, ondas gigantescas, incômodos indecifráveis.

Pensava nisto próximo à nossa despedida — e parece que conversamos por horas e horas. Enquanto íamos até o caixa para pagar a conta, notei que rabiscava apressada, nervosa, algo em um pedaço de papel. Atravessamos a porta em direção a um enorme passeio, que dava para uma pequena praça, em que alguns pombos presenciavam os acontecimentos, talvez desinteressados. Enfiou o pedaço de papel em um dos bolsos de meu casaco, segurou minha mão dizendo que já era hora de partir, olhou-me por um tempo, sem pressa, o tempo em que perdemos a noção de tempo, estávamos entre o bar e os pombos, e parece ter falado algo — algo como "o gelo dos seus olhos derreteu". Beijou-me rapidamente na boca, um selinho, como descobri depois, e, com aquele sorriso de dentes salientes, aqueles olhos degradé, desferiu: "Me telefona qualquer dia destes, tá?"

À medida que, ao longe, sua silhueta ficava mais tênue, só uma frase, uma frase seminal, que pode conter tanto o fim dos tempos, como o despertar de uma nova era, reverberava com intensidade nunca vista em minha cabeça: me telefona, me telefona, me telefona...

Tirei o bilhete do bolso. A letra era cheia de garranchos. Não conseguia distinguir com clareza se um dos números era 0 ou 6 e se um outro era 3 ou 5. E não tinha DDD. Será que precisava do DDD?! Olhei de novo para ela, mas, ao longe, na tarde-noite gélida, quase não conseguia ver mais ninguém, só vultos e sombras — enquanto que, ao mesmo tempo, um pombo, talvez faminto, em um voo rasante, fulminante, arrancou o bilhete de minha mão, para desaparecer no meio da bruma pesada que engolia os prédios da cidade cinzenta.

UMA CAMINHADA

Antes de mais nada, mal deu para te perguntar: como vai a vida em NY? Tenho certeza de que, mesmo diante do abismo, é melhor que o mesmo seja aqui do que naquela cidadezinha provinciana. Aproveite para me contar as novidades — e também as "velhidades", se for o caso. Estou gostando desta caminhada no Central Park. Várias opções de trajetos. Como no Hampstead Heath, no Regent's Park e no Bois de Boulogne. Eu gostava também do Buttes-Chaumont, apesar dos percursos íngremes. E, claro, do Parque Municipal. Quando tinha tempo e pique, eu subia de lá até a Praça da Liberdade, direto pela João Pinheiro. Gostava de caminhar também pela Lagoa da Pampulha. Mas, sua última carta, bastante divertida, e ao mesmo tempo sincera em seus sentimentos, dúvidas e preocupações, me pegou em um momento tranquilo. Mas agora, neste exato momento em que caminhamos, sinto-me em um turbilhão. Confissões de um caminhante solitário à sua grande amiga, que por ora não o deixa tão solitário assim. Estou me dando conta de que o tom da narrativa está descambando para o melodramático e o suspense, o que não é minha intenção, mas talvez um impulso inconsciente que encontra vazão de uma forma que a priori não me agrada. Em todo o caso, é sempre difícil administrar com sutileza, elegância e compostura a tensão, o conflito, entre nossas forças internas, sempre propensas ao transbordamento, ao escancaramento, em tom sereno e bem-comportado, de maneira a passar a imagem ou a sensação de que the things remain the same. Você bem sabe que não é fácil vestir a máscara do low profile. Ok, entendo. Eu sempre com aquele mesmo jeitão de falar da vida. Meio acadêmico ou ensaístico demais. Mas dá para perceber que é um desabafo. Aliás, após os acontecimentos fatídicos, a primeira pessoa que me veio à lembrança, para compartilhar comigo e avaliar tudo o que aconteceu, foi você. Me lembrei também de outros amigos nossos, também próximos. Mas eles não estavam por perto. Uns tinham se mudado. Mas me lembrei de você não só pela velha amizade (talvez, tenha sido algo além disto, se nos lembrarmos o que vivemos juntos, naqueles bons tempos), mas porque, de alguma maneira, tem mais condições de entender e avaliar a situação. O fato é que de uns tempos para cá, em particular após o término daqueles tumultuados envolvimentos amorosos, estive meio à deriva e, pode parecer contraditório, ao mesmo tempo seguro de uma série de questões, e de relações que iam surgindo no campo afetivo. Ao longo deste tempo, a observação constante, atenta, e o convívio mais próximo com algumas pessoas foram me revelando dimensões da existência que até então não havia percebido. É como se eu estivesse um tanto quanto míope ou cego ou muito absorto naquelas relações, e que, em um momento posterior, ao usar óculos e prestar mais atenção nas pessoas à minha volta, eu percebesse um mundo de possibilidades variadas, uma riqueza de situações promissoras, um caleidoscópio de eventualidades, enfim, uma realidade mais ampla, misteriosa e fascinante que estava ali, bem na minha frente, mas que eu não conseguia enxergar. Então, a partir de um certo momento, que não sei precisar muito bem quando, mas que é recente, alguma coisa, talvez fruto da solidão, começou a tomar conta de mim, a se expandir, a ocupar com maior frequência minhas preocupações. À esta altura, percebo que este sentimento é bem diferente daqueles arroubos irracionais que costumava ter. Vejo com clareza que aquelas efusões descontroladas não tinham o mínimo de conteúdo ou base real para manter um amor robusto, verdadeiro e sustentável. Mas, convenhamos, existe isto? O ponto é que, na verdade, eu me apaixonava por uma imagem, um mito, que, depois de ter rompido a camada de superficialidade que é inerente às imagens e aos mitos, caia na real e percebia quão sem substância, frágeis e enganosos eram aqueles sentimentos, aquela situação de paixão desesperada, se é que há alguma paixão não desesperada. Mas o que sinto hoje em dia é algo mais sereno, tranquilo e convicto quanto às suas possibilidades. Não sei se dá para entender, mas é algo que nasceu de uma experiência prévia, de um conhecimento anterior, que não construiu mitos nem ilusões, nem fantasias, que tem uma base real, embora imaterial, que é a amizade, o convívio, o conhecimento mútuo, o afeto, a atração (pelo menos de minha parte), algo que possui uma base sólida, uma concepção sólida, e que por isto mesmo é mais forte para não se desmanchar no ar como as paixões avassaladoras, como os inexplicáveis, mas às vezes necessários, desejos tangidos — eu sei, você não gosta deste palavreado que estou usando — por um "lance de pele". Aqueles meus afetos se chocavam com a percepção de que o que sentia não tinha futuro. Isto é, meu desejo se via ameaçado pela "realidade" que construí na cabeça, que se encarregaria de me mostrar que estava, mais uma vez, viajando, fantasiando, que estava a fim de uma pessoa muito legal, muito especial, mas que ela não estava nem aí para mim, que o que rolava era amizade pura e simples, e ponto final. Estes eram os parâmetros nos quais me movia: tudo bem, não é um afeto correspondido, devo me comportar como se nada estivesse acontecendo, o que vale é a amizade, devo então me empenhar em mantê-la, reforçá-la, preservá-la. Isto era o que eu tentava fazer ao nível da *consciência* das coisas, dos acontecimentos, das sensações. Você se lembra muito bem de quando a conheci, recém-chegada de uma *saison* pela Europa. Ela me pareceu uma pessoa legal, interessante. Lembra que depois que você me apresentou esta sua amiga, a partir de um certo momento nós três formamos um triângulo de amizade que foi se tornando muito forte? Eu, irônico, chamava de "triângulo amical", lembra? Com você eu já tinha uma relação estreita, próxima, e nosso convívio era, até certo ponto, tranquilo, de trocas cruciais. Mas sua amiga, admito, me irritava um pouco, pois, às vezes, implicava comigo por motivos que eu considerava insignificantes, bobos, infantis até, e que eu não entendia muito bem porquê. Mas, como disse, era uma pessoa espontânea, brincalhona, debochada, irreverente, pouco convencional. Minha impressão era a de que tinha arrumado uma amiga adolescente, uma garotinha, cujo convívio seria bom para contrabalançar meu lado "adulto", sério demais. Ela se envolveu com um cara, por mais de um ano, que talvez tenha ajudado a destruir um pouco seus sonhos e fantasias de adolescente. Eu tive dois envolvimentos bem distintos em seus motivos, desenvolvimentos e consequências. Mas todos os dois, embora sofridos, foram iluminadores. Desculpe o tom, de novo. Até que, depois de algum tempo, e você já tinha ido embora, vindo para cá, passei a conviver mais com ela. A gente se encontrava bastante

— e sempre tínhamos algo interessante para conversar. De alguma forma, a companhia dela me ajudou a preencher o vazio que ficou após sua partida. Aos poucos, passei a vê-la como uma mulher. E aí começou a "tragédia". Com o tempo, passei a ver nossa amiga em comum, não mais uma garotinha, de uma maneira bem diferente do que estava acostumado. E ela também gostava de literatura e música e cinema e contemplar a natureza. Lembro-me muito bem do dia em que, em uma roda de amigos, na casa não me lembro de quem, declamou o Poemeto Irônico de uma forma que me pareceu pouco convencional, cativante: "O que tu chamas tua paixão, / É tão-somente curiosidade. / E os teus desejos ferventes vão / Batendo asas na irrealidade". Percebi que havia algo de misterioso, singular, naquela voz, naqueles olhos, naqueles lábios. Está vendo, mais clichês. Eu não consigo me expressar muito bem sem às vezes usá-los. Mas, o que posso fazer?, estes atributos físicos também mexem muito com a visão de mundo dos homens, para dizer isto de uma forma eufemística. Foi fatal quando então me dei conta: meu caro, você está na dela! Como fatal foi também outra percepção: ela não está na sua! Para variar, viajou de novo! A saída, como não poderia deixar de ser: sublimação pela poesia. Escrevi alguns poemas inspirados nesta triste condição e guardei-os para mim mesmo. De alguma forma, eles me consolavam a ausência dela.

Era como se eu a amasse através de meus poemas, como se realizasse minhas fantasias e sonhos no reino das possibilidades infinitas que a palavra oferece. Você sabe bem esta relação que tenho com as palavras. Sabia que uma vez até sonhei que conversava com as palavras? Esquecia um pouco a frustração do desejo, a impossibilidade de amá-la, juntando palavras, frases, fazendo rimas, bolando metáforas, sonhando acordado em frente a folha de papel, a tinta jorrando com violência, como que tentando compensar o peito sufocado de dor, recusa, falta. "Frustração do desejo?, sonhando acordado?, peito sufocado de dor?" Viu?, consigo ser meio parnasiano, meio romântico, até quando caminho. Às vezes, minhas imagens são pobres e rebuscadas, como você está cansada de saber. Mas, voltando ao assunto, até onde foi possível, guardei comigo o que sentia, sempre procurando manter o low profile. Ninguém sabia o que se passava, os amigos não estavam por perto, não tinha nenhuma válvula de escape. Lá pelas tantas, não sei se por um desejo alucinado, ou pela realidade das coisas, notei que ela estava mais carinhosa comigo, que, depois de um bom tempo afastada, que não sei bem porque (lembra que te falei sobre isto em minha última carta?), ela estava mais próxima, de um jeito que jamais esteve, me convidando sempre que podia para almoçar, não recusando nenhum convite que eu fazia para a gente se encontrar, notei uma abertura maior, uma aproximação e uma presença mais forte. Fiquei assustado e confuso. Um dia, fomos a uma festa na casa de uns conhecidos e nós dançamos e eu senti um enorme prazer de estar ali com ela e senti que ela dançava comigo de uma forma que eu jamais tinha percebido antes, os corpos mais próximos do que de costume, os rostos colados, não consigo me lembrar de ter acontecido algo parecido entre a gente antes, por isto é que às vezes acho que estou delirando, e eu sentindo o cheiro dela, e você bem sabe a excitação, o prazer, de sentir o perfume, o cheiro da pessoa numa situação destas, e eu sentindo uma leveza muito grande, meu superego se encolhendo, e eu meio inebriado de vinho, e de prazer pela sua companhia, a música tão lenta e suave, tão incitadora de fantasias, e eu com todo aquele desejo reprimido. Foi aí então que decidi: vai ser hoje, ela precisa saber, não posso mais esconder, vou desabafar, e foi aí que lhe entreguei, quando ela foi embora, um poema: "When I float into the night / Then I saw your face / Then I saw your smile / Then your kiss seems to be so soft / Then your touch seems to be so warm. / The sky is still blue / The clouds come and go / Yet something is different. / The stars still shine bright / The moon still blue and high / Yet something is different." Me lembro bem dele. Não conte para ninguém, mas é uma adaptação de uma música de uma série que estava vendo. A série não é lá grande coisa, mas a letra da música já tinha me chamado a atenção. Gostou? Não é bem mais sutil e sereno do que aquela explosão lírica, romanticóide, daquele "Longo poema em prosa..." que escrevi para a ... Aquela. Você sabe quem é. Também se mudou. Parece que todo mundo quer — ou precisa — partir. No dia seguinte, acordei de ressaca, não tanto a etílica, mas também a existencial, não dormi muito bem, e fiquei ansioso com os acontecimentos da noite anterior. Com o que poderia vir daí. Liguei para ela e combinamos ir à noite ao cinema. Nos encontramos no lugar combinado e caminhamos em direção ao cinema. Atravessamos uma praça e, ao longo do caminho, o chão estava cheio de folhas, espalhadas, umas secas, outras recém caídas. Fazia também um pouco de frio e ventava, mas a noite era agradável. Parecia um bom pano de fundo para minha vontade de abraçá-la. Naquele momento, sim, tive uma vontade irresistível de abraçá-la. Mas o medo de que tudo não passava de uma viagem me assustava e paralisava. Havia no ar, nas conversas, um não sei o que de coisas a serem ditas. Depois do cinema, fomos a um boteco. Com muito custo, o papo começou a rolar, e eu disse para ela quase todas estas coisas que estou te dizendo. Que precisava ser sincero e expor tudo que sentia por ela. Que não tinha ilusões quanto aos possíveis desdobramentos destas revelações. Ela ficou meio sem graça e se disse surpresa. Que não sabia lidar com situações como aquela. Como

aquela?, pensei. Será que outras, parecidas, têm acontecido? Apesar de ter me preparado o dia inteiro para enfren-
tar o que viria, prometera a mim mesmo que naquele dia
as coisas teriam que ser esclarecidas, passadas a limpo,
pois não aguentava mais, bateu-me uma tristeza, aquela,
que não tem fundo, que, claro, procurei não demonstrar,
mas não sei se consegui. Para complicar mais as coisas,
ainda me disse, e depois de perceber que pisou na bola
parece que se arrependeu, que estava a fim, mas não muito, de um cara que ambos, eu e ela, conhecíamos. Imagina agora eu nesta situação, eu, sempre bem-intenciona-
do, que me esforço muito para manter as aparências e
impedir que as emoções aflorem com força, como naquele momento em que eu estava ali, confessando tudo
o que sentia por ela, suando muito, imagina o que senti
e o que tive que guardar para mim, dizendo para ela que
a via de um jeito muito especial, que sentia uma atração
muito forte por ela, que minha vontade era que sentisse o
mesmo por mim. Imagina eu com muito custo dizendo
tudo isto e ela ali, quase muda, mas pensando que não
estava a fim, que não sentia a mesma coisa, coitado, será
que vai sofrer muito?, mas não dá para forçar um sentimento, ele é um cara legal, mas sabe como é, né?, não dá.
Imagina ela me dizendo que sente uma coisa diferente
por fulano de tal, após uma confissão suada. Imagina ela
se arrependendo e a cara de tacho que nós dois ficamos.

Imagina eu dizendo, tudo bem, já tinha percebido que você estava a fim dele, para mim não é uma surpresa. Imagine o clima que rolou depois disto. Pensei comigo mesmo que deveria ter viajado naquele fim de semana, ido para algum lugar, até para BH, sempre tem alguma atividade cultural interessante em algum lugar, ou que deveria ter ido atrás dos amigos, mesmo aqueles que aos poucos vão se distanciando. Na verdade, estava a fim de sair correndo, ir embora para casa, ficar em meu canto, meu porto seguro, home sweet home, a proteção fatal contra as intempéries do mundo. Pensando na vida, lendo, escrevendo, ouvindo música, talvez até a nossa, "Don't let yourself go / 'Cause everybody cries / and everybody hurts sometimes ... Take confort in your friends". Admirando, nostálgico, as fotos espalhadas pelas paredes e pelas estantes, ainda tem aquela nossa lá, e pensar como já fui mais feliz em outras épocas, divagar porque hoje as coisas são mais difíceis. Depois que a acompanhei até sua casa, sim, fiz isto, e nos despedimos, fui para casa, a bordo de minha melancolia habitual. Até dormir, ouvi um pouco de música, aquelas que costumo ouvir, e, meio insone, meio exausto, pensei em você, pensei que te escrever seria uma coisa boa. Tentei, mas não consegui. Mas, como o mundo dá voltas, consegui vir até aqui, o que não deixa de ser uma proeza, não? Está ouvindo esta música? Miss You, dos Stones. Sempre tive a fantasia de ouvir esta canção caminhando pelo Central Park. Cool. Minha outra fantasia é: eu, caminhando por uma rua qualquer do Village e, de repente, vindo em minha direção, Bob Dylan, Lou Reed e Patti Smith. Vamos caminhar por lá?

UMA VIAGEM

Ontem eles se foram. Partiram às oito horas da noite debaixo de uma chuva que já se mostrava insistente desde nossa chegada, apesar de que, em certas ocasiões, deu o ar da graça um sol tão brilhante que implorava que usássemos óculos escuros.

Na verdade, não posso afirmar com exatidão se de fato eles se foram. Tenho às vezes a impressão de que nem mesmo chegaram, quanto mais que se foram. Viemos nós três juntos de BH, depois daquela acirrada disputa política, ouvimos os mesmos barulhos noturnos, urbanos e rurais, curtimos as mesmas praias e pores/nasceres de sol, bocejamos sob os mesmos luares e diante dos mesmos copos de cerveja e de batidas de frutas locais — e parecíamos ondas eletromagnéticas dispersas no espaço, entrecruzando-se por acidente, emitindo sinais confusos alertando a sintonia do descuido, e continuando seu vagar indiferente, alheios aos cataclismos circundantes.

Contemplando a lonjura daquele mar meio azul, meio verde, observei para os dois, após uma longa caminhada que nos levou a praia deserta que procurávamos, e após um banho de mar nus, que a cada viagem correspondiam livros e relações amorosas diferentes. Molhados, as peles eriçadas, mas apaziguadas e felizes com a brisa marinha, riram-se, dirigindo um ao outro um olhar cúmplice de quem, talvez, tenha estabelecido uma relação mais forte a partir daquela viagem. Mael lia, ao mesmo tempo, *Memórias de uma Moça Bem-Comportada* e *O Estrangeiro*. Gabo lia entusiasmado, me lembro bem de suas gargalhadas, *Tanto Faz*, uma narrativa da flânerie errática do personagem principal, um completo despirocado, pelo (sub)solo parisiense — o mote é sex, drugs and rock'n roll, disse-me Gabo. Bem original, respondi.

Paz e tranquilidade. Nestas duas palavras resumia-se, para Gabo, o significado do amor. Ama-se, logo, tem-se paz e tranquilidade. Certa vez, no Baixo Belô, em meio a uma madrugada mal resolvida, disse, lembro bem, distraído ou desesperado: "Preciso me apaixonar imediatamente". Nunca entendi muito bem o que queria dizer com aquele desabafo. Aliás, nunca entendia muito bem várias das coisas sem sentido que costumava dizer. Mas gostava muito dele, o que também não entendia porquê. Mesmo considerando-o, cá entre nós, um tanto quanto porra louca, podicrê e, às vezes, alienado.

"Se houvesse um dia um surto de cólera generalizado as pessoas na certa teriam óbvios motivos para abordarem umas às outras, vocês não acham?" Não me lembro muito bem se foi isto o que ela disse ou se parecia ser este o pensamento desolado que o rosto sibilino de Mael deixava transparecer. Mas me lembro que, da sacada do apartamento que alugamos para esta viagem, jogou uma caixa de fósforos para alguém que lá embaixo tinha pedido fogo. Reclamou com ele algo como "as pessoas aqui parecem meio fechadas" e, depois do agradecimento do morador do local, foi atrás de seu caderno de anotações, talvez um diário: "O tédio bateu à porta com sua mão gelada".

"Eu também procuro paz e tranquilidade nesta viagem", observou Gabo, após minha pergunta sobre o que significaria para ele abandonar os estudos, que, aparentemente, fazia por livre e espontânea vontade, e o trabalho, que, era evidente, frequentava por livre e espontânea pressão de seus pais, por um bom tempo, partir para o Caribe ou, quem sabe?, NY. Ou mesmo Londres, Berlim ou Barcelona? E, por que não?, Índia, sannyasins, ashrams, rajneeshes, e outras manifestações da cultura e da filosofia do lugar, "nessas coisas do oriente, romances astrais", que nem fez seu irmão, que embarcou nesta, e tenta, entre um mantra e outro, fazer nossas cabeças acerca da importância disto tudo. Foi por uma fração de segundo que consegui captar os olhos tristes, inseguros, de Mael.

É engraçado, e patético, constatar que as pessoas estão sempre buscando partir. Fuga ou encontro de si mesmo? Como se a felicidade, seja lá o que isto signifique na cabeça de cada um, estivesse na memória e na expectativa, na fantasia, no lá e no então, e não no aqui e no agora. Parece que há uma espécie de lema que gruda em suas cabeças, em seus sonhos, sempre ali, jamais abandonando-as. Uns, mais fortes e determinados, atenuam o apelo com toda sorte de expedientes. Outros tombam e se deixam carregar como folhas no outono em uma enxurrada em direção ao bueiro. Mesmo que o tempo pareça um inimigo, reaparecem, no final, com o indefectível sorriso de filho pródigo. "Get back to where you once belonged". A volta dos que não foram ou o absurdo da flor que voltou a ser broto.

De forma recorrente, como um voo rasante, certeiro, as lembranças dela me envolviam, sem defesas. Ficava feliz toda vez que me lembrava de sua ternura, de seu amor por mim. Incomodava-me e me abatia, contudo, seu medo, suas indecisões frente à vida. Ficava chateado e impotente toda vez que contemplava aqueles belos olhos verdes, mas desesperançados, a todo o momento pedindo por socorro. A ajuda que não cabia nem a mim nem a nenhum outro, mas dela mesma brotar, como a força imperturbável de um vulcão que está prestes a explodir. Como a determinação da rosa que aos poucos vai abrindo seus braços, exalando um bom dia ao sol e abraçando sem pudores a primavera (de novo, soou um lirismo fake, ingênuo, meloso — parnasiano-romanticóide, até. Afetos invulgares para uma escrita vulgar. Terei que rever esta passagem).

A primavera é, dizem, a estação dos aromas e dos desvairados. Devem ser os próprios aromas que nos enlouquecem. Dos companheiros do grupo, o único a nascer na primavera foi o Fernando, este sim muito doido. Nem precisava de um joint para abrir as portas da percepção e da loucura. Era o verdadeiro, o legítimo, the one and only, maluco beleza, o lunático podicrê, mesmo que, na primavera, a lua não chegue a reger nenhum dos signos do zodíaco, como tentava me convencer uma amiga chegada nestas, digamos, dimensões esotéricas da existência.

Já tinha dito para Mael, naquela vez em que fomos aquele bar alternativo da Rua Sergipe, só nós dois, cujo nome me foge a lembrança, que tinha uma ambiance bem espanhola, em um casarão antigo que lembrava os bons tempos da cidade, à meia luz, em meio aos copos de sangria, que achava no mínimo bizarro este papo de estações do ano. Já tinha dito a ela, dentre as várias coisas que dizíamos uns aos outros, algo parecido, naquela vez que, em sua casa, no bairro Sion, ouvíamos os Stones. "Ain't no use in crying, stay away from me" — "I'm just waiting on a friend, I need someone I can cry to, I need someone to protect", na voz em falsete do vocalista. Naquelas ocasiões, de abismo existencial, a voz, os versos, nós dois dançando, e Gabo nos olhando, traziam algum respiro aos nossos corações sem rumo. Continuei a dizer que, como aspirante a escritor, tentava ver muitas coisas como possíveis metáforas — inclusive, ao som de um flamenco suave, naquele bar alternativo, o beijo que me deu, embora apaixonada por Gabo.

Mas, devido a alguma convulsão estranha no universo, nasci outono. Outono, para mim, rima com Pablo Neruda: "Los peluqueros del otoño despeinaron los crisantemos? Sabes qué meditaciones rumia la tierra en el otoño? Por qué se suicidan las hojas cuando se sienten amarillas?" E também com Thomas Eliot: "April is the cruelest month, breeding lilacs out of the dead land, mixing memory and desire, stirring dull roots with spring rain". (Troco spring por fall). Sempre me perguntei: afinal, qual a vantagem em presenciar os primeiros sons e formas do mundo em uma época em que as folhas caem desesperançadas, indefesas, que em certos lugares ainda neva, que é o prenúncio de tempos de frio e retraimento? De saber que, há pouco, o sol brilhava, intenso, que os corpos se expunham livres, sem preconceitos, que os afetos, espontâneos, plenos, ainda não estavam perdidos para sempre no vento, que depois da tempestade vinha a bonança.

Os pernilongos, esses incansáveis patrulheiros noturnos das brigadas contra o sono, quando à beira-mar parecem mais beligerantes do que os das cidades não litorâneas e mesmo os do campo. Levam-me até a crer que são destemida e impetuosamente refratários à qualquer ideia de armistício. Contudo, incômodos e distrações desta natureza são insignificantes em relação à euforia, à vertigem, à dança do pensamento e das palavras, frente à caneta e ao papel.

DESPOEMADO

Aquele rabo
me deixou enrabichado.
Aquele troço
me deixou destroçado.
Aquela ponta
me deixou desapontado.
Aquele vidro
me deixou vidrado.
Aquele norte
me deixou desnorteado.
Aquela ressaca
me deixou ressecado.
Aquela espera
me deixou desesperado.
Aquela Rita
me deixou irritado.
Aquele canto
me deixou desencantado.
Aquele amar ela
me deixou amarelado.

Aquela grana / grama
me deixou desgramado.
Aquele Maio
me deixou desmaiado.
Aquele sábio
me deixou ressabiado.
Aquela mesmice
me deixou ensimesmado.
Aquela fêmea
me deixou e/afeminado.
Aquela polis
me deixou politizado.
Aquele sonho
me deixou abensonhado.
Aquela fé
me deixou enfezado.
Aquela luz
me deixou alucinado.
Aquela/e corte
me deixou descortinado.
Aquela manha
me deixou amanhecido.
Aquele colo
me deixou descolado / descolorido.
Aquela rima
me deixou desritmado.

Aquela língua
me deixou desmilinguido / deslinguiçado.
Aquela infeliz
me deixou desfelizardo.
Aquela crença
me deixou encrencado.
Aquele rego
me deixou desarregado.
Aquela palavra
me deixou apalavrado.
Aquela chave
me deixou desenxavido.
Aquela boca
me deixou desbocado.
Aquele expresso
me deixou expressionado.
Aquela/e foda / fado
me deixou des/enfadado.
Aquele reggae
me deixou descarregado.
Aquele mote
me deixou desmotivado / amotinado.
Aquela cara
me deixou descarado.
Aquela pira
me deixou despirocado.

Aquela Sampa
me deixou desamparado.
Aquele basta
me deixou desbastado.
Aquela bota
me deixou desbotado.
Aquela cama
me deixou descamado.
Aquele bucho
me deixou desembuchado.
Aquela pena
me deixou desempenado.
Aquela reta
me deixou arretado.
Aquela Fabi
me deixou desfabulado.
Aquela/e gonzo
me deixou desengonçado.
Aquela Minas
me deixou amineirado.
Aquela Belô
me deixou desbelezado.
Aquela mina
me deixou desanimado / vitaminado.
Aquela terra
me deixou desaterrado.

Este poema,
despoemado.

— Acabou?

— Sim.

— Que tour de force, hein?! Muito longo, não acha? Às vezes, fica cansativo.

— A ideia é dar um efeito deliberado de repetição e, talvez, enfado. E romper repentinamente um eventual estado induzido de repouso com irrupções inesperadas. Nada de entretenimento. É proposital. A chatice não precisa ser critério estético, mas não quero dar trégua ao leitor. O prazer, se vier, virá da jornada através da linguagem. Até para conscientizar pela reflexão. Repare: "Aquela mesmice / me deixou ensimesmado".

— Desfelizardo? Expressionado? Desfabulado? De onde tirou isto?!

— Inventei alguns. Rosa e Joyce não inventaram? Desfelizardo, por exemplo, está em *Sagarana*.

— Ah, você está se comparando a eles?

— Não. Claro que não. Imitando mesmo. Mas nos limites das possibilidades da língua, neste tempo e neste lugar. Lembra-se de Valéry? "Rien de plus original, rien de plus 'soi' que de se nourrir des autres. Mais il faut les digérer. Le lion est fait de mouton assimilé". Você deve se lembrar daquela discussão: a literatura como mimese e apropriação. Pensei até em introduzir "Aquela regra / me deixou desregrado". Mas achei que o efeito poético seria pobre.

— Ah, o leão... Causa pasmo sua modéstia. Esta Rita é aquela?

— Ela mesma.

— Que quase nunca te respondia? Que não te deu a mínima bola? Que te largou na rua da amargura?

— A própria. Mas não deixa de ser uma maneira deveras criativa de interpretar os acontecimentos.

— Que, mesmo assim, você fez um poema?

— Oui, c'est vrai.

— Elusiva, de olhos incertos, talvez alados, e lábios longínquos, talvez incisivos, mas que pegou sua mão e te guiou pelos meandros da escrita?

— É, mais ou menos isto. Gostei da imagem. Principalmente se ela tivesse de fato me dado as mãos, eu saberia então se são quentes ou frias ou mornas, se é que você me entende.

— Claro que entendo. Como posso esquecer que ela te chamou de "flâneur voyeur" — ulalá! — e você ficou mais metido ainda do que de costume. Como também me lembro de que naquele verso em particular, de seu poema inspirado em sua "relação" com ela, "A vida imita a arte, Rita, / ou é a arte que imita a vida?", a ironia não foi percebida, pois ela nem leu...

— C'est la vie. Pas en rose.

— Você pode, quem sabe?, um dia, declamar para ela, mas não cante, OK?: "Mas agora eu quero tomar suas mãos / vou buscá-la aonde for / venha até a esquina / você não conhece o futuro / que tenho nas mãos".

— Não deixa de ser uma ótima ideia. Mas saquei a gozação. Embora, fazendo jus, reconheço que ela já me deu um futuro.

— A propósito, ali, neste poema inspirado nela, e naqueles outros poemas mais recentes, você usou uma versificação bem convencional, com a métrica em redondilhas maiores, e com rimas, o que me surpreendeu quando os li pela primeira vez, vindo de um autointitulado poeta pós-tudo. Já aqui, neste despoemado, não há metrificação perceptível, ou ela é irregular, embora as rimas — pobres? — estejam presentes.

— Como já disse, ... Bom, vamos lá. Imagine se eu perguntasse para alguém: você gosta de poesia? Taí uma pergunta besta, né? Afinal, quem não gosta? As pessoas dizem: ah!, amo, adoro poesia! Mas quando perguntadas sobre o que acharam deste ou daquele poema, ou livro de poemas, em geral respondem: bem, não entendo muito de poesia, não é muito a minha praia, prefiro prosa, mas parece legal, é bonito, gostei, acho. Imagino, óbvio, que não seja este seu caso. Mas falo por experiência própria. Toda vez que entrego a alguém meus livros de poesias, e peço para ler, é isto que costumam responder. OK, tudo bem, fazer o que, né? Afinal, ninguém tem a obrigação de gostar, d'accord? Não é nada trivial captar as metáforas, imagens, símbolos, sentidos, aliterações, etc. de um poema, que, de fato, pode ser muito "hermético". Talvez haja aí uma diferença crucial entre gostar de poesia e entender — apreender? decifrar? — o poema. Talvez seja por isto que os poetas com maior apelo popular sejam aqueles de mais "fácil entendimento": Bandeira, Drummond, C. Meireles, Vinicius, Quintana, M. de Barros, Leminski, etc. Daí talvez porque outros excelentes poetas não sejam tão populares: M. Mendes, Cabral, Haroldo & Augusto de Campos, mesmo Gullar, etc. Ou, talvez, quanto talvez!..., sendo mais acadêmico e pedante, isto tudo deve dizer respeito aquela velha questão das possíveis dimensões da fruição estética: as várias "camadas", evidentes e latentes, de toda obra de arte, mas que só conseguimos adentrar aos poucos. Acredito, posso estar redondamente equivocado, que, em geral, as pessoas vão até a primeira camada, aquela da percepção imediata, dos sentidos, dos sentimentos?, o encantamento subjetivo, puro, simples, diante do belo. Mas param aí. Nada de mergulhar em "deep layers" para desbravar as nuances do "artefato poético". Ça va sans dire: viajei na maionese... Bem, toda esta verborreia só para dizer o seguinte: em minha utopia, sim, gostaria que todos gostassem de poesia, que ler poesia fosse algo que fizessem com frequência, que a poesia estivesse nos cotidianos, individuais e coletivos, de uma forma, eu diria, natural, como ouvir música, tomar um cafezinho, contemplar as montanhas, as flores, a lua cheia, já ia acrescentando cachoeiras, mas me contive, comer umas fatias de queijo, puro, com goiabada, ou doce de leite, etc. Forcei, hein?.... Ninguém precisa fazer uma "leitura crítica" do poema, claro. Já me dou por satisfeito se a simples leitura, despretensiosa, proporciona algum deleite intelectual, estético e, talvez, emocional. Um de meus supracitados (ops!) livros de poemas é mais (pós?) "concretista" — ou mais "experimental", metalinguístico, etc. Já o que estou a escrever no momento é mais "convencional", no sentido de que é todo composto de, pasme!, poemas em redondilhas maiores, rimados, como você apontou. É óbvio que a escolha desta estrutura fixa foi proposital, até irônica mesmo. Nada tão "anti-moderno" em matéria de poesia, não? Mas há nele uma espécie de lirismo bem-humorado — pairando sobre, bien sûr, a incontornável, crônica, angústia drummondiana. E a metalinguagem. Não dá para escapar. O poema jamais se cansará de falar do poema. Enfim, foi assim que começou esta jornada poética particular e talvez será assim que vai acabar. Experimentando. Não estou muito preocupado com o produto final, mas com a trajetória, a caminhada, o deslocamento, a atividade em si, e o prazer que me dá. Não é só a esperança na chegada que me move, mas a viagem, a linguaviagem. Um tal de Robin Matthews uma vez disse algo como "the procreant urge of doing and becoming". É isto, a construção do poema é uma verdadeira viagem. E, neste percurso, os companheiros são as palavras e um leitor genérico: eu, você, ela, a tradição, etc. Compreende?

— Tem hora que, do nada, você desembesta.

— Você me provocou.

— O ritmo também é truncado.

— A vida é truncada. Bem, deixa para lá... Outra hora a gente troca umas figurinhas sobre isto. Não quero explicar tudo. Cada leitor interpreta a seu modo. Mas há uma lógica nesta escolha. É de propósito. É da natureza do jogo ferir sensibilidades.

— Fabi continua um fantasma, volta e meia te assombrando.

— Se não assombrasse não seria um fantasma. Metaforicamente, quero frisar. O negócio é buscar sentidos, analogias, etc. nas palavras. Nunca é demais lembrar que tudo é matéria para a carpintaria literária, para pegar uma ideia do Autran Dourado. E em relação a sua provocação, vale aquele: "Tudo foi breve / e definitivo. Eis está gravado / não no ar, em mim, / que por minha vez / escrevo, dissipo".

— Sempre ele... Por falar nisto, este poema despoemado vai entrar em qual coletânea?

— Boa pergunta. Não sei ainda muito bem. Talvez na mais recente, se for consistente com os demais.

— Curiosamente, seu guru não é mencionado neste poema. Nem en passant, como você gosta de dizer.

— Mas dá para perceber que é um poema de um gauche, d'accord?

— É, não deixa de ser. Aliás, está tudo ali, né? Afetos ao vento, angústia existencial, mineiridade, política, metalinguagem, amor & sexo, gauchisme, etc. e tal.

— Variações em torno do mesmo tema. A vida, e a arte que a representa, ou pelo menos tenta, é um eterno retorno.

— É, alguém já disse isto. Bem original. Agora, cá entre nós, deslinguiçado é mal, hein?! Feio demais!

— É por isto que há um marcador de separação. Estou em dúvida. Mas o par língua-deslinguiçado pode dar um efeito inusitado, de cunho sexual, para quebrar expectativas bem-comportadas. É vulgar, quase chulo, mas é humano, demasiadamente humano. Por incrível que pareça, o termo está em "O Burrinho Pedrês".

— Você ainda se vê como um "poeta lírico no apogeu do capitalismo", para recuperar aquela expressão que em uma ocasião você usou, pegando emprestado de Benjamin?

— Isto foi dito naquela época, lá atrás. Fico até surpreso você se lembrar. Espero que se lembre também que, naquele contexto, foi uma fala irônica. Hoje, é preciso rever esta afirmação. Poeta lírico, sim. Pós-tudo, também. Afinal, "agorapóstudo / extudo / mudo". Mas o apogeu ficou para trás. Estamos mais é em plena decadência, degradação, declínio. É a era da Grande Regressão. E sem algo visível, discernível no horizonte. Tempo de caos e barbárie. Lembra-se daquela de Gramsci, que de vez em quando surgia em nossas discussões políticas? Algo como: a crise se manifesta quando o velho, o arcaico, está agonizando, morrendo, e o novo ainda não consegue nascer. Enquanto isto, emerge uma grande variedade de sintomas mórbidos. Acho que a escrita, a literatura, a poesia em particular, enquanto artefato social, nunca deixará de estar, de alguma forma, condicionada, mas não totalmente determinada, pelas circunstâncias geo-históricas, pelo espírito de seu tempo e lugar. É por isto que eu já te disse mais de uma vez: precisamos de uma The Waste Land, Reloaded. E de uma A Máquina do Mundo, Re-repensada.

— Bem, o papo está muito bom, mas, está na hora. Vamos nessa?

— Indo.

RIVE GAUCHE

Aqui no 7º. arrondissement é setembro e já esfriou um pouco — mas sei que o frio vai piorar. Custei a me instalar, desde que cheguei, isto é, que me obrigaram a chegar. No início, aluguei um appartement bem barato, é claro, e, portanto, em condições, eu não diria deploráveis, mas que deixavam a desejar, comparados aos belos casarões de estilo colonial que eu costumava admirar em minhas caminhadas matinais quase diárias em Belo Horizonte, embaladas pelos suaves aromas remanescentes de damas da noite, quando podia fazer isto.

O céu mais nublado do que claro incomoda um pouco. Tudo é velho, em particular o apartamento da Rue Duvivier, em um prédio de 1902. Aqui muitas coisas são bem mais velhas do que, por exemplo, em Ouro Preto ou Mariana, claro. Há também os corvos, como este que acabou de cantar. Cantar? O que faz um corvo? Canta? Sei que as aves gorjeiam. Mas, e os corvos? Enquanto penso nisto, lembro-me dos pássaros-pretos no quintal da casa de meus avós. Passo-preto, como dizia o vizinho. Não me recordo de já ter visto um corvo. Só os conheço através de

Poe, corvos que dizem nevermore! Aqui no septième, há um punhado deles — mas não dizem nada.

Há também a torre. Ela me faz sonhar. Como fez sonhar, à sua maneira, Louis Aragon ("Ses jambes de fer écartées / La Tour Eiffel fit voir un sexe féminin / Qu'on ne lui soupçonnait guère"). Mas, convenhamos que, com um pouco de imaginação, dá para desconfiar. Já em minha contemplação pensarosa, ela parece apontar para algo, para algum lugar. Observá-la, sem o peso do tempo, me ajuda a enganar esta barra pesada.

Ainda bem que a maioria dos trajetos que tenho que fazer é curta. Caminhar pela cidade, o que gosto de fazer sempre que posso, no inverno é muito duro, tenho certeza. Faz tanto frio que às vezes não aguento sair na rua. Do apartamento para a biblioteca, e vice-versa. Para o correio, enviar as matérias para o jornal lá em BH. Para os lugares onde acontecem aquelas reuniões esporádicas com o pessoal. No frio. Insuportável. Tudo parece insuportável, quando se está longe do que se ama. Frio. Angústia. Desesperança.

Há pelo menos a comida local, o repas. Ajuda um pouco a esquecer, por um tempo, tudo isto. Menos mal que os camaradas daqui escolhem bistrots para a gente se reunir. Ah, e tem o vinho. Aprendi a gostar de vinho. Imposição das circunstâncias. Sincronia favorável de determinantes geo-históricos e condições objetivas e subjetivas (Belo uso do método do materialismo histórico-dialético). Lá, o pessoal gosta mesmo é de cachaça. Sempre tinha umas garrafas em casa, para agradar e entreter as visitas, como costuma acontecer nos lares de minha terra. Embora, de minha parte, não morra de amores pela branquinha. Mas, com as visitas, ajuda a prosa. Flui melhor. Aqui não tem pinga, tem vinho. Ao final das reuniões, se não for antes, les camarades sempre pedem vinho. É cultural. Cai bem com o repas. E com o frio. Ajuda a aquecer, a esquecer.

Recordo-me muito bem que, naquele dia, chovia muito. E que tinha esfriado mais ao longo do dia. Aquele intolerável frio. Parecia inverno, recordo-me perfeitamente. Saí mais cedo para a rua para comer algo, antes de me encontrar com os companheiros. Chovia tanto que as pessoas titubeavam antes de cruzar as ruas, como se, mais do que ruas, fossem correntezas e rios. Os ônibus circulavam devagar, com medo de derrapar. Lembrei-me das enchentes do Arrudas. De minha parte, tinha receio de quase tudo, em particular da falta de perspectiva, do desalento, etc. e tal.

Entrei em um bistrot na Rue Saint Charles, no 15º., onde nunca tinha estado. Devia ser um restô ruim, pois estava um tanto quanto vazio. O menu estava escrito em giz em um quadro-negro pequeno, logo na entrada, as toalhas de mesa eram de papel, as mesas bem pequenas, e as jovens que serviam vestiam um uniforme de cores azul e vermelho. Ah, claro, bem francês, murmurei em voz baixa, pois poderiam ouvir e não gostar do comentário. Enquanto esperava o steak au poivre com gratin dauphinois, pensava que em minha utopia, em meu encontro com uma felicidade, haveriam belas, simpáticas e inteligentes jovens francesas, de bochechas rosadas e olhos de sonhos inquietos, incômodos, jogando conversa fora comigo, sem nenhuma preocupação com o tempo, prestando atenção em mim, enquanto eu encarava le vrai repas, entremeado por um também bom bourgogne ou bordeaux. Uma delas, quem sabe se chama Brigitte, talvez me perguntasse: vamos conversar hoje sobre Victor Hugo, Flaubert ou Proust? Ao que a outra, talvez de nome Catherine, diria: não, vamos falar sobre Baudelaire, Mallarmé ou Valery! Drummond e Rosa ficarão para a próxima, pensei, quase desconsolado. Não tardei, após um profundo suspiro, em me dar conta de quão ridículo foi ter matutado tal coisa. Quelle horreur! Que desvio pequeno-burguês!

Para me distrair um pouco, e matar o tempo, pedi outra pichet de tinto. O fundo da jarra imprimiu uma mancha circular e vermelha no papel branco da mesa — e isto me fez recordar que logo teria que me encontrar com les compagnons. Tomei mais um gole de vinho e peguei de surpresa os olhares que trocavam entre si as jovens que serviam em uniformes rubro-azuis. Trocavam olhares furtivos e parecia que sorrisos furtivos insinuavam-se em seus lábios. Não consegui perceber se riam de mim ou para mim. Haviam tão poucos clientes que não era difícil para elas se entediarem. Podia até ser uma diversão para vencer o tédio olharem para aquela coisa rara, patética, que era eu ali, naquele momento. E riam. Pensei: meus olhos veem e não questionam nada. Quer dizer, pensei isto pelas lentes dele, do poeta-pensador: "Para que tanta perna, meu Deus, pergunta meu coração". Hemingway disse que aqui viveu muito pobre, porém muito feliz. No meu caso, não tão pobre, mas muito infeliz, miserable.

Quando saí do restaurante, a chuva tinha parado, o ar, sereno, o céu, clareando, mas sabe-se lá por quanto tempo. Dirigi-me ao local combinado. Lá estariam me aguardando les compagnons de voyage. La lutte continue.

Era uma região da cidade em que moravam vários exilados e asilados. Havia um bistrot onde se reunia parte da comunidade que havia deixado o país por motivos semelhantes aos meus. Homens e mulheres, mais homens do que mulheres, conversavam sobre coisas úteis e inúteis até tarde da noite, em parte como consolo pela distância forçada, sufocante, da terra. Apesar de um tanto esfumaçado, as luzes amarelas, os cheiros da cozinha, os barulhos de talheres, vozes e copos criavam uma atmosfera de apaziguamento, mesmo que efêmero.

Certa vez, quando ousei perguntar a alguns deles sobre o golpe militar as respostas foram vagas e algumas até mal articuladas. Um silêncio angustiante cortava o ar. Dava até para ouvir o tumulto difuso de vozes lá fora, bem ao longe. Parecia que, absortos, talvez ausentes, estavam mais preocupados em entender tudo o que tinha acontecido, ou em como reagir ao golpe, levar a vida adiante.

Foi para surpresa de muitos que certa pessoa, que aparentava ser bem mais velho, e que, em geral, era quase imperceptível, distante e silencioso, mas com ar de sábio, diante de minha insistência em falar sobre o assunto levantou-se e desferiu como uma metralhadora sua versão contra o que, para ele, eram apenas lendas sobre o golpe, todas elas equivocadas e fantasiosas a respeito do que tinha de fato acontecido.

A verdade é que tudo foi maquinado bem antes, e por pessoas que já tinham sido inimigos políticos, disse ele. Foi uma trama muito bem urdida, nos seus mínimos detalhes. Que a burguesia conspirava com os militares, todo mundo sabia. E era também sabido em alguns meios que o governo americano, através da CIA, também agia para desestabilizar o governo eleito de forma democrática pelo povo. Tinham ojeriza das tais reformas estruturais de base. Fizeram isto em vários países da região. Se tiver aqui algum hermano latino-americano, que tenha coragem de me contradizer. Não foi só uma aliança da burguesia nacional com a internacional — os lacaios do imperialismo! — com o apoio dos militares, da classe média reacionária, fascistóide!, e do governo americano. O que vocês não sabem é que o Partidão também fez parte desta história. E, portanto, Moscou. Os estalinistas de Moscou e do Partidão estavam muito, mas muito mesmo, preocupados com o avanço político dos maoístas e dos trotskistas. Temiam perder a liderança das forças progressistas para estas correntes. Entendiam que para derrotá-las e se tornarem hegemônicos precisavam de uma aliança temporária — aumentou o tom de voz quando disse temporária — com as forças de direita, mesmo as mais retrógradas. Não tem freirinha nesta história!, olhando devagar, bem nos olhos, para cada um de nós, que prestávamos atenção, como que nos dando um pito. Mas estes estalinistas de meia tigela não contavam que se tornariam massa de manobra em um pacto mais amplo e complexo. Como podiam ser tão ingênuos!, disse, agitando os braços. Uma coisa é armar por anos o assassinato de León. Outra bem diferente é imaginar que poderiam, com a ajuda de Moscou, ser co-partícipes de uma trama autoritária comandada pelos ianques e pelos milicos — autoritária não, ditatorial! — em terras tupiniquins.

Enquanto falava, a atenção de todos foi de repente interrompida por um brutal estrondo de vidro quebrando em uma loja ao lado. Lá fora, centenas de jovens, pareciam estudantes, aglomeravam-se com cartazes, pedras, paus e paralelepípedos nas mãos. Corriam e gritavam. De relance, vi pela janela um dos cartazes com os dizeres l'imagination au pouvoir. Fui até a porta do restô e pude ver que no fundo da rua batalhões de policiais esperavam com cassetetes em punho e enormes cães negros, que pareciam famintos.

UMA POÉTICA DO GAUCHE, NO MEIO DO CAMINHO

Em minhas caminhadas quase diárias, muitas coisas surpreendentes, bizarras e até instigantes acontecem. Por exemplo, às vezes me pego, como agora, absorto, em devaneio, tentando entender os significados dos poemas que acabei de ler ou reler. Outro dia, calhou de eu ter que reler, não me lembro muito bem porquê, o Poema de Sete Faces.

Este poema me persegue há um bom tempo, em particular a primeira estrofe. Volta e meia me lembro dele — ou sou obrigado a me lembrar dele. E, às vezes, nestas minhas caminhadas, ele surge assim, do nada, out of the blue. Como surgem também algumas ideias que podem servir de ponto de partida para o ofício literário.

Refletir sobre os múltiplos sentidos deste poema em uma caminhada não é nada trivial. Ser gauche na vida é uma espécie de busca, tentativas de se situar e se encontrar diante da instabilidade e da incerteza sistêmicas; envolve a recusa da "vida besta", do mundo torto; exprime a dialética do indivíduo solitário no "mundo mundo vasto mundo", na vida social massacrante, na história sem rumo, diante da "máquina do mundo".

Requer, ainda, uma consciência crítica. Sim, faz parte desta condição a melancolia, mas faz parte também o inconformismo, a resistência, a negação e a insatisfação com a "ordem das coisas", ou da vida como ela é. A flor (feia, gauche) rompe o asfalto, a náusea. A gaucherie é, pois, uma maneira de ver o mundo, de interpretá-lo, de desconstruí-lo. Não deixa de ser também uma estratégia de sobrevivência no caos e na barbárie.

Este gauchismo é, antes de tudo, existencial. A personagem gauche está inscrita em um drama existencial — às vezes, até em uma tragicomédia de final feliz. Alguns, acometidos pelo gauchismo, podem até ser "de gauche", mas não é apenas disto que se trata, embora um possa levar ao outro. O gauche existencial pode muito bem ser de gauche, pode até ser uma saída política razoável, mas a questão não se esgota aí. Há, portanto, vários tipos de gauche: gauche psicológico, sentimental, social, literário, lírico, metafísico, ontológico, político etc. O gauche — e a gauche, é bom frisar — é aquela pessoa meio desajustada, quase sempre deslocada, sem lugar, por vezes marginalizada, à esquerda dos acontecimentos. Excêntrico e extravagante, talvez. Esquisitão, como dizem pais e avós. Passa o rio da existência em algum lugar, e esta pessoa está sempre, de alguma forma, por algum motivo, na margem esquerda.

Está claro que, enquanto o pensamento flui, o que estou a fazer agora não é nenhum ensaio acadêmico, mas apenas refletir sem muito rigor acerca das questões que esta poesia me suscita. Ser um gauche existencial requer o contato com a poesia, impregnada pela paisagem física, espiritual, mineira, deste outro gauche. Muitos críticos já dissecaram o poeta-pensador, já o "desparafusaram", para usar uma palavra dele. Não é esta minha intenção. Em um fluxo de consciência que se pretende uma narrativa longa, não há espaço para teses acadêmicas, mas há para o jogo da linguagem, da memória e da fantasia.

Se me fiz entender bem, nas caminhadas, os pensamentos, as sensações, os afetos emergem, fluem, não raro de forma desconexa, descontínua, e mesmo aos borbotões — no fundo o que quis dizer é que somos todos os carlos e as carlas que vivem por aí, errantes, angustiados, trombando e tropeçando nas coisas da vida. Como somos também todos os josés e as marias daquele outro poema.

Tem outra coisa. Lembrar-me da expressão gauche na vida me incomoda. Este pode ser o título do livro que venho tentando escrever há um tempo. A ideia original surgiu naquela vez em que fui à Berlim. Enquanto caminhava pela cidade, impressionou-me saber que há um amplo boulevard que se chama Karl Marx Allee, que há a Rosa Luxemburg Platz, a Rosa Luxemburg Strasse, a Karl Liebknecht Strasse, a Hannah Arendt Strasse, que havia a Marx-Engels Platz, e por aí vai. Devido a alguma conjunção de fatores e associações nos mais recônditos meandros de minha mente, ter consciência disto foi o estopim e o mote para eu ter a ideia de escrever um romance histórico, que vai de 1956 (relatório Krushev) até 1989 (queda do muro de Berlim), e que narraria a trajetória das ideias progressistas ao longo deste período através de um personagem, um jornalista, que vive e trabalha em um jornal em Belo Horizonte.

O livro patina, ora vai, ora não vai, e isto me mostra de frente, sem rodeios, de forma escancarada, minhas limitações. Às vezes, penso em desistir, tomado pela sensação de que não é qualquer um que consegue ser escritor — e acaba que me incluo neste rol de pobres coitados do time do qualquer um. Não basta querer ser escritor, tem que ralar, é o pensamento que com frequência me vem. Não basta ter ideias sensacionais, se não tiver a disciplina para colocar tudo no papel, dedicar-se por horas a fio, queimar neurônios. As Musas não ficam ali, à disposição, à espreita, sussurrando no ouvido ideias espetaculares, mas, caso estejam, nada disto faz muito sentido se não for de fato realizado, como um trabalho de Hércules.

O poeta-filósofo diz: *vai*, Carlos! Ele não diz: fica, Carlos!, ou: espera, Carlos!, para ser gauche na vida. Vai para algum lugar, adiante, ou para os lados, ou mesmo para trás, mas vai. Ele quer captar o movimento, não a inércia, a andança, não a paralisia. E é o que tenho tentando fazer, desde tempos imemoriais, ir para algum lugar. É de se pasmar que, tempos atrás, pensei em ser, de forma bem convicta, médico. Depois, tentei ser jornalista, acadêmico, professor. Havia sempre uma insuficiência gauche. Talvez já tenha chegado em algum lugar: a literatura e a filosofia me encantam. Mas, enquanto os livros não vierem à tona, a sensação de incompletude e fracasso perdurará. Continuo indo. A luta continua.

De uns tempos para cá, este vai, carlos, virou: caminhe, ponha o corpo em movimento, no espaço e no tempo, e, com ele, a mente, o pensamento, as emoções, os sonhos, a memória, e por aí vai. Muda a intensidade do céu e da paisagem. Depois de um tempo, depois de muitos quilômetros de caminhadas recorrentes, descobri-me um caminhante. Mas, veja bem, o caminhante de que falo não é o flâneur de Baudelaire/Benjamin — que, em uma ocasião, em uma narrativa experimental, serviu-me como inspiração, não muito rígida, para caracterizar um personagem gauche que caminhava e flanava pelas ruas de Paris com duas beldades pelas quais se apaixonou, e caiu na armadilha da liquidez amorosa. Também não é o corredor de Murakami, nem o fugitivo raivoso de Rimbaud, nem o caminhante transgressor, o vagabundo iluminado, de Kerouac. Só percebi direito o tipo de caminhante que me tornei quando conheci o caminhante de Thoreau, na natureza selvagem, o bom caminhante de Nietzsche, questionador implacável das teias de aranha conceituais, e os devaneios do caminhante solitário de Rousseau, embora sem aquele viés persecutório que o caracterizou. Todos me abriram as portas para a percepção de algo que, no máximo, ao caminhar, como agora, eu intuía. Lembremos: os filósofos gregos eram caminhantes, peripatéticos, à frente de seus discípulos em busca de conhecimento. Caminhar pode ser uma experiência filosófica e uma vivência espiritual e estética. Aos poucos, percebemos que caminhar pode também ser uma arte.

Por que caminho? No início, era uma forma de exercer uma atividade física. Com o tempo, um novo horizonte surgiu: caminhar me ajudava a ter ideias — às vezes, até criativas. Depois, percebi que caminhar é uma atividade que pode se situar na mesma dimensão da arte. Neste deslocamento no tempo e no espaço, descortinam-se novas paisagens mentais, oníricas. Para quem está sem rumo, podem surgir novos rumos. Como disse alguém, solvitur ambulando. Caminhar deflagra o pensar — pensar a liberdade, a beleza, a igualdade, a natureza, as relações pessoais, a condição humana. Caminhar é uma descoberta cognitiva, uma experiência epistemológica. Há algo aí que nos insere em um processo de autoconhecimento, de inspiração.

Foi nestas caminhadas, nestas jornadas pessoais, solitárias, que também envolve buscas existenciais, conscientes ou não, que tive alguns insights para eventuais projetos literários. Já que estava empacado no livro, naquele romance histórico que não caminha como eu gostaria, embora tenha conseguido escrever alguns poucos capítulos, em algum momento, em alguma de minhas caminhadas, indaguei: por que não escrever outras coisas?

Foi assim, quase uma epifania, que surgiram ideias que viraram outras narrativas. O que aconteceria se em *La Vie d'Adèle* entrasse na história um outro personagem, que passaria a se relacionar com as duas personagens? Que tal o relato de uma sucessão de situações de um jeito meio onírico, com uma perfeição quase inverossímil, uma narrativa erótica, sem conflitos visíveis (os conflitos eu deixaria para o filme), que ficaria a meio caminho entre provocar desejos eróticos e o desejo da leitura, de ver onde vai a história e os personagens? E eles precisam ir a algum lugar? Por que não explorar na forma de narrativa curta aqueles sonhos que tive há muito tempo, que, por algum motivo, que já nem me lembro mais, resolvi anotar/descrever? Exercícios estéticos do tema erotismo? Bem pretensioso. Por que não resgatar e usar aqueles escritos, esquecidos no baú de coisas abandonadas, e, rees-crevendo-os, trazê-los de volta à vida? Afinal o que move Gabo, Mael e outros? Qual a "questão essencial" destes personagens? O que um exilado em Paris estaria fazendo no Maio de 68? E como seria sua volta depois do exílio? Desafios e experimentos para o processo de escrita. Por que não narrativas filosóficas, políticas, existenciais, cal-cadas na memória, real ou ficcional, na imaginação, na sublimação do desejo? Está meio fora de moda, né?, mas, who cares?, se o propósito é, enfim, ver a luz no fim do túnel, encontrar um propósito, um sentido para a vida, combater sem trégua o demônio do meio dia, e, enfim, tornar-me, de fato, um escritor. Estas indagações foram surgindo, em minhas caminhadas, como que do nada, e de ideias vagas, opacas, fugazes, turvas, amorfas, foram ganhando algum corpo inicial, desenvolvimento, limpi-dez, cintilação e forma final.

Caminhava e pensava nisto tudo, quando, ao virar a esquina, debaixo destas árvores frondosas, de um verde fulgurante, que estendem suas sombras refrescantes por quase todo o quarteirão, que de forma quase religiosa atravesso em meus trajetos quase diários, diante deste céu tão limpo que dá para ver os rastros dos aviões, cor de céu desanuviado, que provocam a imaginação, a me-mória e o desejo de uma maneira que talvez só a arte é capaz de suscitar, e sem os quais a existência nada mais é do que uma rotina precária e desencantada, que me faz pensar que o copo meio vazio está agora meio cheio, em contato com as contradições da vida, o princípio da realidade, à despeito da paisagem desfigurada pela especulação imobiliária, pela ação predadora dos dendroclastas, dos enfeitiçados pela relíquia bárbara, o vil metal, aguilhoados pela cobiça, picados pela mosca azul, quid non mortalia pectora cogis, auri sacra fames, a acumulação de riqueza pelo reles prazer mórbido de acumular mais e mais riqueza, "Enquanto faço o verso, tu decerto vives. / Trabalhas tua riqueza, e eu trabalho o sangue. / Dirás que sangue é o não teres teu ouro / E o poeta te diz: compra o teu tempo. / ... Enquanto faço o verso, tu que não me lês / Sorris, se do meu verso ardente alguém te fala", do pó viestes e ao pó retornarás, o capitalismo selvagem que destrói a natureza selvagem, quando, repito, de repente, no meio do caminho, tinha ela, com sua blusa vermelha e seu cão preto, grande e assustador.

LISTA DE POEMAS CITADOS

p. 37, "À Une Passante", Charles Baudelaire

p. 60, *Une Saison En Enfer*, Arthur Rimbaud

p. 60, "Poema de Sete Faces", Carlos Drummond de Andrade

p. 61, 63 e 64, *O Amor Natural*, Carlos Drummond de Andrade

p. 71, "Cidadezinha Qualquer", Carlos Drummond de Andrade

p. 71, "One Art", Elizabeth Bishop

p. 76-77, "Amavisse", Hilda Hilst

p. 93-94, "Triste Horizonte", Carlos Drummond de Andrade

p. 102, "Poemeto Irônico", Manuel Bandeira

p. 114, *Libro de las Preguntas*, Pablo Neruda

p. 114, "The Waste Land", Thomas Eliot

p. 126, "Ontem", Carlos Drummond de Andrade

p. 128, "pós-tudo", Augusto de Campos

p. 130, "The Raven", Edgar Allan Poe

p. 130, "Transfiguration de Paris", Louis Aragon

p. 133, "Poema de Sete Faces", Carlos Drummond de Andrade

p. 145, "Poemas Aos Homens do Nosso Tempo", Hilda Hilst

AGRADECIMENTOS

Aos meus pais e avós, por eu ter nascido naquele pedaço da Gaia Mãe-Terra chamado Minas Gerais.

A Leda Cartum, Gisele Mirabai e Rita de Podestá, pela luz densa de seus olhares generosos, que me ajudaram a caminhar pelos meandros e artimanhas do "risco do bordado".

Ao Marcelo Nocelli, um iluminista que no coração da barbárie, das trevas e do caos mantem seu (re)lance de dados — e alavanca caminhadas e acolhe esperanças e colhe encantamentos.

PARA OUVIR AS CANÇÕES QUE
ACOMPANHARAM ESTE GAUCHE NA
VIDA, OUÇA A PLAYLIST DO LIVRO:

Este livro foi composto em Minion Pro
e impresso em papel pólen bold 90 g/m²,
em dezembro de 2021.